DEMAIN NOUS ATTEND

RAÏSSA SINTCHEU

DEMAIN NOUS ATTEND

Demain nous attend ©2024 par Raissa Sintcheu
Tous droits réservés. Les Éditions Blossom
ISBN : 978-2-9822016-4-4
Dépôt légal
Bibliothèques et Archives Nationales du Québec 2024
Bibliothèque et Archives Nationales du Canada 2024
Couverture : Luckensy Odigé
Correction : Ginette Bédard
Révision : Éditions Blossom
Mise en page : Aristide Benameyi

Ce livre est dédié à toutes celles et à tous ceux qui veulent espérer à nouveau.

ALIKA

*« Profite de la vie avec la femme que tu aimes, tous les jours de
la courte existence que Dieu te donne sous le soleil. »*

L'Ecclésiaste

« Alika, il est l'heure de passer à table ! Sortez de votre chambre tes frères et toi ! » criait Maman.

Quels bons moments nous passions avec mes petites sœurs Ama, Sadie, Inaya, Malia, mon petit frère Henri et nos parents ! J'avais 11 ans et j'étais l'aînée de cette fratrie. Nous étions une grande famille pleine de joie de vivre, habitant dans un quartier modeste d'Accra (Ghana), East Legon, à 25 minutes du centre-ville. Le bâtiment dans lequel nous résidions ne comportait que trois étages et notre appartement se trouvait au tout dernier. Cet immeuble de couleur beige comptait une épicerie au rez-de-chaussée, tenue par un couple nigérian, Idris et Aïcha, qui avait fui les émeutes de Kaduna au nord-ouest du Nigéria. Ces émeutes opposaient chrétiens et musulmans et étaient contre une loi qui avait été adoptée, la Charia. Le couple avait deux enfants :

une fille, Ufuoma, 17 ans, claire de peau, mince, aux traits fins, qui fréquentait le lycée St Mary's Senior, un établissement public situé sur la rue Nii Tackie Owuowuo, et qui aidait parfois ses parents dans leurs *business*; et un garçon, Tolu. Ce dernier avait été tué par un militaire pendant leur évasion. La famille n'avait pas eu l'occasion de l'enterrer convenablement, car le conflit s'intensifiait. Ils ont dû s'enfuir et laisser son corps dans un caniveau. Le couple raconta à ma mère qu'ils avaient marché pendant de longues nuits, dans la forêt, traversant des villages inhabités, manquant de nourriture et d'eau, mais se sentant finalement en sécurité parce qu'ils étaient désormais assez loin de la zone de conflit. Leur seule crainte était les attaques d'animaux. Un jour, affamés et assoiffés, alors qu'ils marchaient pour trouver un endroit où se reposer, la pluie s'était mise à tomber et ils n'avaient eu d'autre choix que de boire l'eau de la pluie. Malgré l'absence de savon, l'eau était suffisante pour rincer la poussière accumulée sur leurs corps.

Après quatre jours de marche, ils rencontrèrent des villageois dans un champ de maïs, qui les ont invités à passer la nuit dans leur village. Ils y allèrent et reçurent du savon pour se nettoyer et laver leurs vêtements. Ils partagèrent avec les villageois les informations sur le conflit qui se déroulait; et l'une des preuves de leur histoire était leur odeur corporelle. Il était impossible de contredire leur récit, car toute la famille dégageait une odeur nauséabonde et présentait des signes de personnes faméliques : ils se sont jetés sur la sauce gombo offerte par la femme du chef du village. Ils se sentirent bien accueillis cette nuit-là. Au matin, le chef leur offrit de nouveaux vêtements cousus par sa femme. L'une des petites filles du village apporta un cadeau à Ufuoma : un bracelet en raphia. Le chef rassura la famille qu'elle pouvait rester plus longtemps et qu'il serait heureux de partager sa culture avec elle. Ils restèrent finalement et se sentirent très chanceux et bénis de rencontrer ces villageois. Au moment de partir, ils quittèrent le village avec des provisions et quelques cadeaux de la part des membres de leur nouvelle famille éphémère, sans être sûrs de les revoir.

Cinq heures après avoir quitté le village, Ufuoma et ses parents rencontrèrent un homme conduisant une voiture en direction du Bénin pour quelques affaires. Ils firent leur chemin avec ce dernier et c'est ainsi qu'ils arrivèrent à Cotonou. Dans cette ville, ils entendirent parler de l'essor économique du Ghana et décidèrent de trouver un moyen de rejoindre ce qu'ils appelaient déjà leur terre promise : Accra. Ils y ont immigré à la recherche d'une vie meilleure, comme ces Européens qui s'étaient précipités vers l'Amérique à la recherche de la liberté et de la richesse. Le Ghana serait pour eux la terre où coulent le lait et le miel. Une terre où ils ne seraient pas persécutés à cause de leur religion. Une terre où ils pourraient rencontrer des Africains-Américains venus pour le grand retour. Ufuoma avait appris toute l'histoire de l'esclavage à l'école et était impatiente de rencontrer certains de ses « peut-être » parents perdus. Oui ! Accra leur ferait certainement du bien.

Au bout de deux ans, la ville leur offrit de nombreuses opportunités qui les amenèrent à ouvrir leur premier commerce : une chaîne d'épicerie. Accra était vraiment comme ils l'avaient espéré, car leurs boutiques marchaient très bien, tellement que j'ai entendu dire qu'Ufuoma était sur le point d'aller à Londres pour continuer ses études.

Ils possédaient trois épiceries, dont la plus grande, tenue par Idris, se trouvait au centre-ville, dans le centre d'affaires. La deuxième était dans un autre quartier d'Accra, tenue par un parent qui les avait rejoints à Accra, et la troisième, celle de notre immeuble, par Aïcha et sa fille. Elles étaient nos vendeuses préférées dans notre quartier. Toujours sympathiques et amicales. Notre appartement n'était pas aussi grand que notre famille, mais nous y étions à l'aise. L'un des murs du salon était rempli de photos de famille. On y trouvait nos grands-parents maternels et paternels, la photo de mariage de nos parents, moi, mon frère et mes sœurs quand nous étions bébés, quelques amis de Papa et Maman, nos vacances en famille, et les après-midis à l'église. Grâce à ce mur, n'importe quel visiteur pouvait avoir un aperçu de notre vie.

Maman disait toujours « il est important de prendre des photos pour immortaliser le moment présent. Les photos sont les seuls souvenirs que nous devrions toujours avoir, car croyez-moi, même votre cerveau peut vous faire défaut ». Et j'aimais répondre : « et le feu peut réduire tous ces souvenirs en une seconde et la seule chose qu'il te restera sera ton cerveau pour te souvenir de ces moments ». Cela faisait toujours rire mon père, même si ma mère trouvait irrespectueux de la défier. Elle n'avait pas le même sens de l'humour que Papa, était toujours trop sérieuse et n'attendait pas qu'un enfant lui réponde, même si elle avait tort.

Je partageais cette chambre peinte d'un rose fuchsia avec Ama et Inaya; Sadie et Malia étaient dans la « chambre jaune ». Henri, quant à lui, occupait seul sa chambre, car il avait l'avantage d'être l'unique garçon. Malheureusement pour moi, en tant que fille aînée, j'avais pour tâche de nettoyer sa chambre, même si je n'y vivais pas avec lui. « Henri est un garçon. Ce n'est pas à lui de faire le ménage. C'est toi la fille, Alika ! En plus, tu es l'aînée. Si tu n'apprends pas à faire le ménage maintenant, demain tu ne pourras pas te marier. Les hommes n'aiment pas les filles sales, tu sais. Tu dois donc apprendre à t'occuper d'une maison maintenant pour être une bonne épouse demain. »

Ma mère avait été élevée comme cela; elle était la seule fille de sa famille et devait cuisiner, nettoyer la maison et faire la lessive avec sa mère. « Les hommes vont travailler et les femmes restent à la maison pour s'occuper du foyer », lui disait ma grand-mère. Maman se montrait toujours impatiente de partager le fait que ma grand-mère était une femme mariée et heureuse, bien que sa place se trouvait dans la cuisine. Grand-mère était très respectée par son mari qui ne l'avait jamais trompée, jamais battue, jamais insultées, l'avait toujours couverte et protégée contre sa propre famille, qui répondait à tous les besoins familiaux, priait pour elle lorsqu'elle était malade, la complimentait sur sa nourriture et sur la beauté de son nouveau pagne. Lorsque mon grand-père fut sur le point de quitter cette terre, il bénit Maman pour qu'elle trouve un homme bon qui serait capable de prendre soin de sa seule et belle fille. Maman était une magnifique Akan, à la peau marron et aux formes arrondies. Elle veillait toujours à ce que son rouge à lèvres et son vernis à ongles, tous deux de couleur rouge, soient bien appliqués. Le rouge était sa couleur préférée et la couleur de la passion. Elle tenait cela de ma grand-mère.

Tout en aidant sa mère à la maison, Maman alla à l'école jusqu'à l'obtention d'une licence en gestion. Grand-père était conscient de l'éducation qu'il lui avait donnée et ne voulait pas qu'un homme ne la gaspille ni qu'il lui fasse perdre son temps. Il lui faisait confiance pour être une bonne épouse, mais il savait à quel point certains hommes pouvaient être horribles avec les femmes, c'est pourquoi il l'avait envoyée à l'école, et lui avait appris à reconnaître un homme bon. C'est aussi pourquoi Maman avait choisi Papa. Elle voyait en lui un homme comme grand-père, et à son tour, était-elle aussi une femme épanouie dans son mariage.

C'est en juin, dans ce quartier d'East Legon, lors d'un voyage d'affaires, que Maman a rencontré celui qui est devenu notre père. Elle travaillait pour une société immobilière et s'y rendait pour un rendez-vous avec un client, par une journée pluvieuse. Accra pouvait se retrouver sous l'eau pendant cette saison des pluies. Il lui était quasi impossible de discerner correctement les défauts du sol (trous, dos d'âne) à cause de cette pluie abondante. Perchée sur ses hauts talons, elle trébucha et mon père, qui était là, vit la scène et essaya de retenir son rire, tout en lui apportant son aide. Il était le représentant du client de Maman. Selon lui, après la visite de la maison ce jour-là, il savait qu'il l'épouserait. Il a gardé son numéro et a inventé une histoire complètement fausse pour la revoir. Cette fois, il lui a révélé ses intentions et ils ont commencé à se fréquenter. Quatre mois plus tard, il l'a demandée en mariage et six mois plus tard, ils se sont mariés. Cela s'est passé trois ans après la mort de mon père biologique, victime d'un accident vasculaire cérébral. J'avais trois ans lorsqu'il est décédé et les jumeaux, Sadie et Henri, n'avaient que cinq mois.

Nous sommes une famille recomposée. Inaya et Malia sont les enfants de leur père. Leur mère avait divorcé, car elle avait trouvé un homme plus riche qui lui promettait un style de vie luxueux, sans savoir qu'il essayait simplement de lui transmettre le VIH. Elle fut contaminée et lorsqu'elle le découvrit, il était trop tard. Dès lors, nous avions accepté cet homme et ses enfants dans notre vie. Il devint notre père et Maman devint la mère des siens. Maman et Papa ne faisaient aucune différence entre nous six. Nous avions droit aux mêmes traitements, mêmes punitions, et mêmes récompenses. Nos moments en famille étaient un pur bonheur. Donc, si je voulais être une épouse heureuse demain, comme Maman et grand-mère, je devais nettoyer la chambre d'Henri, même si je n'étais pas d'accord avec le fait qu'il ne fasse pas son propre ménage.

Chaque fois que Papa rentrait de son travail d'agent commercial, nous nous amusions avec lui. Un homme à la peau très claire, grand, avec un gros ventre plein d'*akple* et de ragoût, son plat préféré chez les *Ewés*. Nous aimions lui sauter dessus pour qu'il nous porte dans ses bras. On lui laissait à peine le temps de déposer sa mallette de couleur doré cuivré sur la table. D'ailleurs, je me demandais souvent s'il y cachait des billets de banque comme on le voyait dans les films américains, où un type demandait une rançon en liquide, faute de quoi il tuerait la personne qu'il avait kidnappée. Il travaillait pour l'une des plus grandes imprimeries du pays, *Ghana Continue*, une société anonyme. Son travail l'amenait à voyager souvent dans certains pays africains comme la Côte d'Ivoire, le Bénin, le Nigéria, le Sénégal, et le Kenya.

Nous aimions sauter dans ses bras. Des chants, des rires, des énigmes, une note de guitare ou de piano étaient les sons qui retentissaient quotidiennement dans notre maison. Papa aimait la musique et avait pour habitude de s'asseoir sur notre balcon afin de jouer des ballades sur sa guitare après l'heure du dîner. Le week-end, c'était de la musique ivoirienne : « *Sachez que dans la vie c'est le travail qui paie, il faut lutter, il faut se battre, il faut batailler pour arriver là-bas* » que l'on entendait fort dans notre maison. Les paroles étaient en français; nous ne comprenions pas, mais la mélodie était suffisamment bonne pour nous faire danser. Sadie et Malia étaient la raison pour laquelle nous avions un synthétiseur à la maison. Elles voulaient devenir musiciennes et passionnées de piano. Sadie demandait souvent à être coiffée comme Alicia Keys et lorsqu'elle s'installait derrière ce piano, elle tentait de l'imiter.

Dans le quartier, on pouvait deviner qui était l'artiste préféré de tous les jeunes, filles et garçons, grâce à leur style. Ils aimaient s'habiller de la même façon que leur favori; comme notre voisin qui posait un pansement sur sa joue droite pour ressembler à Nelly.

Même si elle aimait Alicia Keys, les seules chansons que Sadie pouvait jouer étaient celles qu'elle avait apprises à l'école du dimanche. Sa chanson préférée était *Because of who You are, I give You glory* de Maggie Blanchard. Ma mère, elle, se dévouait à nous cuisiner nos dîners avec autant de joie que d'amour. Bien qu'on avait une femme de ménage et cuisinière à la maison, elle s'attelait à nous concocter des repas avec beaucoup d'attention et ne manquait pas de participer quelques fois à nos blagues et à nos chants.

Or, nous étions très loin de savoir que cette harmonie familiale allait vite se retrouver chamboulée.

VITA

« Le secret du bonheur ne se trouve pas dans la recherche du plus, mais en développant la capacité de jouir de moins. »

Socrate

« Tu n'as pas remarqué que Maman est de plus en plus absente depuis plusieurs mois ? Quand je lui demande ce qui se passe, elle me répond simplement qu'il n'y a rien, il faut qu'elle se batte pour nous, me confiait ma petite sœur Ashanti.

— Moi j'ai juste remarqué qu'elle avait maigri. Je ne sais pas quel est ce nouveau travail qui lui fait perdre tant de poids et la rend si absente de la maison, lui rétorquai-je durant notre conversation.

— Oui ! Même la tantine du call-box [1] m'a demandé si Maman était malade, car elle trouve qu'elle a beaucoup maigri.

— De toute façon, s'il y a un problème grave, Papa et Maman vont nous le dire. »

---

1 Cabines téléphoniques miniatures où se pratiquent les appels sur téléphones mobiles

On conversait tout en jouant à la marelle. À l'époque, nous n'avions pas toutes ces tablettes électroniques que possèdent les enfants de nos jours.

Mes parents n'étaient pas riches et nous aimions la vie telle qu'elle nous était offerte, dans sa simplicité. Ils nous apprenaient à ne pas nous plaindre et à ne pas convoiter ce que les autres autour de nous possédaient.

Nous n'avions pas de Tamagotchi, ni de Nintendo ni de PlayStation, mais nous étions heureux et reconnaissants pour la vie et l'amour qui régnait entre nous. Cela nous suffisait.

Je me souviens d'un de ces jours au collège, quelques semaines après la rentrée scolaire, où des clans s'étaient formés : les enfants « *bôbô* » et les enfants « *modestes et pauvres* ». Malgré l'uniforme que nous portions, il était très facile de distinguer les deux clans. Les membres du premier groupe portaient les dernières paires de chaussures *Nike* ou *Adidas* à la mode, avaient à leur dos des sacs *Eastpack*, se baladaient avec des jeux électroniques tout droit venus de France, et les autres étaient tout simplement ceux qui ne possédaient rien de tout ça.

« Maman, il y a beaucoup d'élèves à l'école qui ont des baskets Nike, mais moi je n'en ai pas, lui dis-je avec tristesse.

— Vita, est-ce que tu vas à l'école pieds nus ? Non ! Les autres peuvent se permettre ce genre de choses, car ils ont les moyens. Tes parents, pour le moment, ont des moyens pour t'offrir ce que tu as. Tu dois rester reconnaissante, car il y en a qui n'ont même pas de chaussures neuves à la rentrée comme toi. Quand nous aurons ces moyens, nous vous les offrirons. Compris ?

— Oui Maman ! »

Nos temps de récréation consistaient à jouer au fameux Mbang [2], ou encore au Ndochi [3]. Ces jeux ne nécessitaient pas beaucoup de matériel, seulement les membres de notre corps et/ou un ballon. Le Mbang était le divertissement préféré des filles du quartier. Même ma mère se joignait à nous quand elle voulait se replonger dans son enfance.

« Mama ! Mama, on lance ? Ou on ouvre et ferme ?

— On lance ! » répondit-elle avec sa douce voix faible.

Le Mbang avait deux options de jeu : soit ouvrir et fermer les pieds, soit élancer les jambes en avant ou en arrière. Ce jour-là, nous avions joué comme des enfants, mais la vigueur de Maman n'était plus au rendez-vous. Elle était pâle et se concentrait difficilement. On la voyait quelques fois tituber, mais elle essayait tant bien que mal de nous rassurer. « Ça va aller les enfants, ne vous inquiétez pas ». Bien qu'âgées de seulement 10 et 12 ans, on se doutait bien que Maman n'était pas en forme; elle nous cachait sûrement quelque chose. Dans le quartier, des rumeurs circulaient. Certains disaient que la perte de poids de Maman et sa fébrilité étaient les conséquences du VIH, d'autres affirmaient que c'était la tuberculose. On avait aussi entendu qu'elle avait un cancer du sein. Jusque-là, nous, ses enfants, ne savions pas grand-chose si ce n'est que « ça va aller ».

Nous habitions dans un appartement composé de deux chambres, un salon et une cuisine américaine. À l'époque, nous ne savions pas que ce type de cuisine deviendrait tendance. Papa avait simplement cassé le mur qui séparait le salon et la cuisine pour rendre la pièce plus spacieuse et éclairée. Le salon mesurait à peine trente-cinq mètres carrés, mais nos parents tenaient à avoir un espace privé pour nos moments de prière. Sur l'un des murs du salon étaient accrochés des portraits de famille selon les événements : mariage de Maman et Papa, baptêmes,

---

2 Jeu consistant à battre les mains, à sauter et à projeter un pied en avant.

3 Ranger les paires de babouches tout en évitant de se heurter au ballon en mouvement.

anniversaires, portraits de nos grands-parents. Un grand tableau ayant comme inscription « *Garde toujours la foi* » était suspendu sur le mur, au-dessus de la télévision. Nos parents avaient aménagé un espace au salon pour nos temps de dévotion familiale.

Ils trouvaient important de garder cet héritage qui leur venait de leurs parents. Notre grand-père paternel était un homme très engagé dans sa foi. Il avait été pasteur dans une congrégation de son village et, à sa mort, il rappela à Papa que le plus bel héritage que puisse laisser un homme est la connaissance de l'Évangile. Il se sentait maintenant prêt à aller en paix, sachant qu'il avait accompli cette mission. À ce moment-là, Papa ne s'y intéressait pas plus que ça. Pour lui, c'étaient des histoires de vieux, et surtout une théorie de « blancs ». Jésus était blanc et Papa se posait des questions sur une éventuelle colonisation persistante par la religion. Il réfutait toutes sortes d'associations au christianisme, jusqu'au jour où, se retrouvant face à la mort, il s'est souvenu de toutes les paroles de mon grand-père. « Seigneur Jésus-Christ, si tu existes vraiment, sauve-moi ». Cette simple prière l'a maintenu en vie dans un accident de voiture face à un camion-citerne qui avait perdu le contrôle. Cet accident aurait pu lui coûter la vie. Quand il s'est rendu compte que sa prière avait été exaucée, il décida de s'intéresser à nouveau au Dieu qu'avait servi son père jusqu'à son dernier souffle. C'est ainsi qu'en lisant sa bible et en effectuant des recherches, il découvrit que les histoires bibliques mettaient en relief le peuple noir, et bien plus qu'il ne l'aurait pensé. D'où venait donc cette pensée d'un Dieu « des blancs » ? Certainement des films d'Hollywood et de la colonisation. Convaincu de plus en plus par l'amour de Dieu, il décida de se consacrer à la foi chrétienne. « De toute manière, le Dieu en qui je crois ne me pousse qu'à faire du bien, à aimer les autres, à pardonner, à être généreux, et à ne pas faire le mal que je ne veux pas qu'on me fasse. Alors je ne perds rien à suivre une personne qui me pousse à être meilleur chaque jour ! » nous disait-il tout le temps. Cette piété était une des qualités qu'il avait et qui faisait fondre Maman.

Cette dernière avait embrassé la foi à ses 15 ans. Elle nous raconta une fois comment elle avait sombré dans une sorte d'extrémisme qui faisait fuir toutes les personnes qui s'approchaient d'elle. Ses parents, quant à eux, avaient toujours été animistes et ne comprenaient pas le choix de leur fille. Encore moins lorsqu'elle leur rappelait tous les jours qu'ils iraient en enfer à cause de leurs cultes dédiés à un autre dieu. Elle pensait bien faire, mais aucune de ses paroles ni actions n'était assaisonnée de douceur et de compassion. « Je me croyais la plus sainte », disait-elle souvent en riant.

Puis, un jour, elle connut un relâchement dans sa foi. Elle se retrouva à faire tout ce qu'elle avait toujours condamné chez les autres : elle tomba enceinte d'un jeune homme de sa congrégation. Désemparée par la honte et la déception que pouvaient vivre ses parents et celui à qui elle dévouait sa vie, elle décida d'avorter afin de dissimuler les conséquences de sa transgression, ce qui la plongea dans une dépression sévère et un embarras profond. Elle racontait comment elle demandait pardon à Dieu tous les jours pour ce même acte, pensant qu'Il lui en voulait férocement. Ses parents, quant à eux, étaient très silencieux avec elle. Elle se sentait tellement mal que, lors d'une prière, elle supplia son Dieu de lui pardonner encore une fois, mais aussi d'enlever ce sentiment de culpabilité en elle. Après confession auprès d'une responsable de sa congrégation, elle accepta que l'assemblée prie avec elle et ressentit pour une première fois de l'amour, du pardon et de la miséricorde. Depuis ce jour-là, « j'ai arrêté de dire aux gens que l'enfer est sous leurs pieds et j'ai plutôt commencé à leur rappeler à quel point Dieu les aime et veut non seulement les sauver pour l'éternité, mais en plus, Il veut aussi les aider à expérimenter la victoire dans leurs défis quotidiens », ajouta-t-elle à la fin de son histoire.

Ce soir-là, mon père nous convoqua dans la salle de prière. Nous avons rejoint nos parents en courant, tout excitées. C'est alors que nous avons découvert Maman, là, allongée par terre.

ALIKA

« L'hospitalité. À quel prix ? »

Tout commença une nuit de février 2001, à 22 h 40.

« Alika, Alika ! cria Maman.

– Oui Maman, j'arrive ! »

J'étais censée être au lit et endormie. Pourquoi m'appelait-elle à cette heure ?

Je sortis de ma chambre en pyjama pour me rendre au salon, face à mes parents. À peine entrée dans la pièce, mon regard croisa celui d'un monsieur assis sur le canapé. Sa peau était très foncée et il avait une silhouette élancée, de grandes oreilles et des dents jaunes. Un point marron entachait le blanc de son œil gauche. Il portait un ensemble marron clair en lin et son bras portait plusieurs bracelets, dont certains avec des têtes de mort. Il semblait avoir des mains aussi grandes que sa taille. À ses pieds se trouvaient un sac de voyage, un sac en toile ainsi que deux poulets. Intriguée, je tournai mes yeux vers ma mère qui, à son tour, détourna son regard. Je m'approchai avec crainte de cet homme pour le saluer. Et, lorsqu'il me tendit la main, un froid glacial envahit mon corps.

Il souriait de toutes ses dents, mais rien de lui ne me rassurait. Je me tournai vers mes parents dans l'espoir de comprendre ce qui se passait. Rien n'y fit ! Mon père dit seulement : « Ce Tonton s'appelle Tonton Tchor, il va te faire goûter quelque chose. N'aie pas peur, c'est pour te protéger et pour que tu réussisses dans tout ce que tu entreprendras. »

Soudain surgit une interrogation à l'intérieur de moi : *Pourquoi me protéger ? Maman, Papa et Jésus ne me protègent-ils pas déjà ?*

Je voulus refuser, mais par crainte de désobéir à mon père, je me tus. J'allai vers ce monsieur qui ouvrit finalement le fameux sac en toile qui se trouvait à ses pieds. Je n'avais jamais vu des pieds aussi longs et des orteils aussi charnus. Je dois avouer que sa carrure m'impressionnait. Il sortit deux petits verres à liqueur et une bouteille ornée de tissu rouge et blanc de ce sac. À l'intérieur de la bouteille, je distinguai des écorces d'arbres et des feuilles mélangées à un liquide que je ne connaissais pas. Ensuite, il se mit à prononcer des paroles dans une langue inconnue.

Apeurée, je regardai mes parents dans l'espoir qu'ils fassent quelque chose. Je ne voulais pas boire ce liquide. Toutefois, le regard ferme et inflexible de mon père m'y força. Il me dit : « Prends et bois ! ». Ma mère, sans force face à son autorité, m'encouragea, elle aussi, à boire. Ce que je fis. Du vin de palme pur d'un goût amer traversa ma gorge et enflamma mon corps. *Oh, quelle sensation désagréable !*

« Tu peux maintenant aller te coucher, reprit Papa, mais ne dis à personne qu'on t'a donné quelque chose, ni à tes frères ni à tes amis !

— D'accord c'est compris. Bonne nuit, Papa, bonne nuit, Maman. »

Avec hâte, je sortis de la pièce et retournai dans ma chambre où je trouvai mes sœurs paisiblement endormies. La nuit fut longue. Très longue. J'étais là, allongée, à me poser mille et une questions : *Que fait ce monsieur chez nous ? Pourquoi a-t-il amené des animaux ? Que m'a-t-il donné à boire ? Quand va-t-il partir ?*

J'avais trouvé Papa moins chaleureux et agréable que d'habitude, ce qui me tracassait davantage. Il avait été très rarement si dur avec moi. J'étais sa fille chérie, sa « *toute première* » comme il aimait bien me présenter à ses amis. Parfois, Inaya en était un peu jalouse, car selon elle, c'était son père. Mais il était devenu aussi le nôtre. Face à ces questions pour lesquelles je n'avais pas de réponses, et un peu enivrée par ce que j'avais bu, je m'endormis, pleine de peurs et d'inquiétudes.

Le lendemain à mon réveil, lorsque je me rendis à la cuisine pour prendre un croissant, je remarquai que ce monsieur était toujours là. Je conclus qu'il avait dormi à la maison et devrait peut-être rester parmi nous pendant un certain moment. Une fois mon croissant mangé, une envie d'aller aux toilettes me prit et, en marchant dans le couloir en direction des toilettes, j'entendis mes parents discuter dans leur chambre. Curieuse et intriguée, je décidai de tendre l'oreille afin de cerner l'objet de leur discussion. Je ne faisais jamais ce genre de choses, mais je cherchais des réponses à mes questions. En les écoutant attentivement, je réussis à élucider le mystère de la présence de ce monsieur qui me semblait si étrange.

Selon eux, Papa faisait face à des attaques de sorcellerie depuis quelques semaines, qui entraînaient des répercussions sur sa santé, son travail et ses finances. D'après ce que je compris, certaines personnes éprouvaient de la jalousie envers lui et ne souhaitaient ni son bonheur ni son épanouissement. En effet, après plusieurs consultations de devins et marabouts, il avait découvert que l'objectif de ces attaques était d'en finir avec sa vie, de rendre ma mère veuve et nous, orphelins. Des histoires de sorcellerie ? On en entendait tout le temps. Aucun décès dans le quartier n'était naturel, selon les dires. Il y avait toujours un oncle au village ou une grand-mère assez mystique à l'origine de ces disparitions quelques fois explicables et d'autres fois, étranges. Au collège, nous apprenions la colonisation en cours d'Histoire, et chaque session, je me demandais : pourquoi est-ce que ce même fétichisme qui semble fonctionner à merveille contre les propres membres de notre famille, amis ou ennemis n'avait jamais fonctionné lors de la colonisation de nos peuples ? J'étais peut-être trop jeune pour comprendre le fonctionnement du cerveau humain ou des choses spirituelles.

Face à ces troubles, sa nouvelle solution était donc ce fameux Tonton Tchor, confortablement allongé dans notre canapé en cuir. Papa mettait toute sa foi en lui et pensait fermement qu'il pouvait lui éviter de subir cette sorcellerie. Ce Tonton Tchor était un féticheur. Ce qui se trouvait dans son sac de toile était bien un lot de fétiches. Il avait garanti à mon père qu'il le protégerait de toute cette sorcellerie. Je me demandai alors : *Depuis quand les ténèbres pouvaient-elles chasser les ténèbres ?* J'entendais souvent cette phrase lors des prédications du prêtre, les dimanches. Nous fréquentions assidûment l'Église catholique charismatique du Renouveau, située au centre-ville; sauf ces derniers mois où Papa avait déserté la congrégation. Cela étant dit, pour que cette chasse aux sorciers se fasse, il fallait que cet inconnu s'installe avec nous dans notre maison. Dans le désespoir et face aux avis de soi-disant conseillers, mes parents l'avaient donc laissé s'installer pour effectuer ses sacrifices et cérémonies dans notre salon. Dans notre maison !

Les jours s'enchaînèrent avec la même routine et les mêmes concoctions. Cet oncle nous les faisait avaler tous les matins avant d'aller à l'école et chaque soir au coucher. Je ne fus plus la seule à devoir subir ce calvaire. Mes petits frères et sœurs rejoignirent le bal. Ils furent d'ailleurs très antipathiques comme moi, mais face à nos parents qui nous forçaient à boire et manger ce qui nous était donné, nous n'eûmes pas d'autres choix que de nous exécuter. Tonton Tchor semblait peut-être gentil, mais il avait en lui quelque chose qui m'effrayait et me répugnait. Je tâchai donc d'éviter le plus possible de rester près de lui.

Malheureusement, avec le temps, il devint un membre à part entière de la famille et le conseiller par excellence de mes parents. Mon père était obnubilé par lui et exécutait toutes ses requêtes. Ma mère restait soumise et suivait les décisions que prenait mon père, influencé par ce féticheur.

C'est ainsi qu'avec toutes ces permissions, les pratiques de Tonton Tchor s'intensifièrent : sacrifices d'animaux dans notre salon, mélanges inconnus à boire, graines amères à manger. Chaque jour, il ne manquait pas l'occasion de nous faire ingurgiter ces mixtures. Entre-temps, Papa arrêta de travailler. Il vendit ses terrains l'un après l'autre, afin de pourvoir financièrement aux sacrifices exigés par Tonton Tchor et de soi-disant « *protéger la famille des sorciers* ». Mais, il devint de plus en plus malade, nerveux, très susceptible et irritable.

VITA

« I wish I could take the pain away. »

Tupac Shakur

« Qu'est-ce qu'il y a ? demandai-je à mon père d'un ton inquiet.

— Nous devons vous parler. Venez vous asseoir ici. Mes filles, vous savez que je vous aime, n'est-ce pas ? Que je me battrai toujours pour vous ? dit Maman.

— Oui Maman, on le sait, répondis-je.

— D'accord. Je dois vous avouer une chose. Vous avez remarqué que depuis sept mois, je ne suis plus présente à la maison et que je suis souvent fatiguée ?

— Oui, et c'est ce que je disais même à Vita il n'y a pas longtemps, dit Ashanti.

— D'accord. Il y a huit mois, on m'a diagnostiqué un cancer au sein.

Il est assez avancé, selon les médecins.

— Que veut dire « il est avancé », Maman ?

— Ça veut dire que la maladie est assez grave.

— Ça peut te tuer ? Dis « non » Maman, s'il te plaît », demanda Ashanti au bord des larmes.

Maman se redressa.

« Les filles, venez dans mes bras. Je vous aime et sachez que je me battrai pour vous. Nous remettons simplement tout entre les mains de Dieu. C'est Lui qui détient notre sort. Soyons toujours unis ! Ashanti, te souviens-tu de ce que signifie ton prénom ?

— « *Union dans l'adversité* » : je ne dois laisser personne nous diviser, car une famille doit être unie, et c'est dans l'unité que nous pouvons mieux renverser notre ennemi, répondit Ashanti en essuyant ses larmes.

— Très bien. Et toi, Vita ?

— « *Celle qui va de l'avant* », répondis-je. Je ne dois jamais m'apitoyer sur mon sort, mais toujours trouver un moyen et une raison d'aller de l'avant. »

Ses mains tremblantes nous enlacèrent fortement. Elle baisa notre front, puis ordonna :

« Quelle que soit l'issue de cette maladie, soyez toujours reconnaissantes à Dieu. Même si par malheur je devais vous quitter, Dieu sera toujours là pour vous. Ne lâchez jamais sa main. Surtout, je me répète, soyez unies et prenez toujours le courage d'aller de l'avant.

— D'accord, Maman, on a compris. »

Ce soir-là, nous avions prié en famille comme à l'habitude. La prière était la ficelle qui serrait le lien d'amour entre nous. Elle nous permettait de garder notre cœur en paix et de croire que tant que nous reposions sous l'abri divin, nous ne craignions rien. Nos parents étaient très pieux et reconnus pour leurs bonnes qualités. Papa était un homme au cœur si large qu'il pouvait tout pardonner, et ce, promptement. Maman était une vraie femme avec le cœur sur la main. Tous les premiers samedis du mois, nous avions pour habitude d'aller avec elle visiter les orphelinats. Elle souhaitait nous inculquer la culture de la compassion et de la générosité. Il lui était impossible de rester insensible face à la souffrance des autres. Son rêve était de pouvoir ouvrir un centre qui recueillerait les orphelins, leur apportant de l'amour et une bonne éducation pour leur donner l'espoir d'un avenir meilleur. Soutenue par Papa, elle commença ce projet en achetant des parts de terrain dans une ville reculée du littoral. Malheureusement, le poids financier et énergétique de sa maladie se présenta comme un réel frein à l'avancement de ce projet.

Après la prière, Papa nous concocta le seul plat qu'il savait préparer : le poulet DG. Je m'étais longtemps questionnée sur la signification de ce terme culinaire. En fait, le terme DG représentait simplement l'acronyme de directeur général. Selon les rumeurs, ce plat était à l'époque réservé aux seules élites du pays qui pouvaient se l'offrir : ceux qui portaient le titre de directeur général. C'est un simple mélange de poulet, plantains frits, carottes, poivrons et tomates. Ce repas est un mets indémodable au Cameroun, qui trouve sa place dans toutes les fêtes.

« Hum, mon mari, ce plat est délicieux ! Tu es vraiment doué pour cela ! s'exclama Maman.

— Merci, ma chérie !

— Papa, demain c'est samedi ! On pourra aller à KSA ? lui demanda

Ashanti. Puis, elle tourna son regard vers Maman en souriant, comme pour obtenir informellement son aval.

— Oui, on l'avait prévu et on voulait vous faire la surprise, répondit Maman.

— Youpi ! On va faire nos sacs de piscine avant de dormir », criai-je.

Le lendemain se pointa et nous étions prêts pour aller nous amuser à la Kadji Sport Academy loisirs. KSA loisirs était un complexe sportif situé à Douala, la capitale économique du Cameroun. Nous n'avions pas le luxe de le fréquenter régulièrement du fait des tarifs d'entrée onéreux, mais le complexe restait un bel endroit où les familles et les groupes de jeunes se retrouvaient pour passer des moments de qualité. On pouvait y faire du karting, nager, jouer au tennis et manger. C'était pour nous un lieu de détente.

Quand Maman fut diagnostiquée de ce cancer, elle ne nous en parla pas immédiatement de peur de nous effrayer. À l'époque, cette maladie était la seule infection qui ne laissait présager aucun avenir certain. Les semaines passèrent et Maman se portait de mieux en mieux. Le miracle divin était en train d'opérer, du moins c'est ce que l'on se disait. Cela nous faisait tant plaisir de voir Maman avec une meilleure mine que celle des mois précédents. Elle avait pris quelques kilos et ses joues étaient moins creuses. La bonne humeur à la maison l'aidait à croire au meilleur. Nous ne la traitions pas comme une personne malade, mais comme notre Maman que nous avions toujours connue, pleine de vie et toujours souriante. Elle avait arrêté la chimiothérapie qui lui avait fait perdre tous ses cheveux. Papa lui offrit des perruques de tresses et une autre faite de vanille. Il disait qu'elle était jeune et devait rester tendance. Je ne partageais pas son avis. Pour moi, les Mamans devaient évoluer avec leur temps, et non essayer de ressembler à la génération qui les suit. Toutefois, Maman restait une belle femme. Son teint avait noirci à cause de son traitement. Ceci était d'autant plus flagrant sur ses mains, devenues très noires et marquant une véritable incohérence avec le reste de son corps. Les gens du quartier firent naître une rumeur disant que Maman avait tenté un décapage de sa peau qui avait mal tourné. Certains disaient que Dieu la punissait de vouloir se comporter comme une blanche du fait de son teint clair. Tous ces ragots furent difficiles à entendre. Surtout pour moi qui avais fini par connaître la vérité. Comment les gens pouvaient-ils émettre des opinions sur des situations qu'ils ne connaissaient même pas ? Pourquoi ne pas poser la question au lieu de médire et de calomnier ? Ce fut blessant et une sorte de colère se créa en moi.

Un après-midi, alors que j'étais en train de jouer toute seule à la marelle dans la cour de l'immeuble, pendant qu'Ashanti faisait ses devoirs, une voisine s'approcha de moi et me dit : « Ma mère m'a dit que ta mère risque de mourir parce qu'elle a utilisé trop de produits pour devenir comme une blanche. Si elle restait noire, est-ce que ça allait la tuer ? » Je ne supportai pas d'entendre cette fausse accusation, je la poussai par terre et la menaçai de ne plus jamais redire cela.

Quelques nuits plus tard, vers trois heures du matin, affalée confortablement dans mon lit, j'entendis :

« Vee ! Vee ! Vita ! Réveille-toi s'il te plaît ! Réveille-toi, je t'en supplie. » Ce fut ainsi qu'Ashanti, le visage noyé dans les larmes, me sortit de mon sommeil. Elle pleurait. Criait. Cognait les murs. Je ne comprenais pas ce qui pouvait la mettre dans cet état. Au milieu des pleurs, elle réussit à lâcher un mot : « Maman ». D'un bond, je sortis de la chambre et courus au salon. Je vis mon père assis par terre, dos au canapé, sa tête entre ses mains, l'air évasif et perdu. À peine voulus-je lui parler qu'il leva la tête; des larmes coulèrent silencieusement. J'entendis frapper à la porte. Des femmes pleuraient en criant le prénom de Maman si fort que je sus que la mort venait de frapper notre foyer. À cet instant-là, mon corps chancela et je perdais connaissance.

ALIKA

« Continue donc avec tes sortilèges, avec la multitude de tes enchantements pour lesquels, depuis ta jeunesse tu t'es fatiguée. »

Esaïe

Papa n'était vraiment plus le même à la maison. Il avait changé. D'ailleurs, notre relation avec lui commençait à se détériorer progressivement. J'avais seulement 12 ans, mais je nourrissais de plus en plus de crainte vis-à-vis de lui. Ce qui n'était pas normal. Je plaignais ma mère qui, elle, était obligée de garder la tête haute et de tenir la maison avec son maigre salaire. Elle avait pris en charge les factures et la ration alimentaire de la maison, nos déplacements et notre cantine scolaire.

Quatre mois s'étaient déjà écoulés depuis l'arrivée de Tonton Tchor. La situation de mon père restait inchangée. Il était ruiné, mais continuait d'investir le peu qu'il percevait dans certaines pratiques spirituelles. Quant à nous, nous étions habitués à voir ce féticheur chaque matin avant notre départ pour l'école.

J'avais tout juste 10 ans quand j'eus mes premières menstruations. C'est arrivé un jour d'école et je le découvris lorsque j'eus la permission pour aller aux toilettes. En baissant ma culotte pour uriner, je me rendis compte que j'étais tachée. À ce moment-là, je fus prise de panique, ne sachant quoi faire. Je croyais comprendre ce qui m'arrivait, mais il n'y avait personne dans ces toilettes pour m'aider. Et même s'il y avait eu quelqu'un, ma honte était trop importante pour que je puisse m'ouvrir à la première inconnue. À cette période, le sujet était encore tabou. Au vu de ce liquide rouge qui semblait continuer de couler et par peur de me retrouver avec une grosse tache sur ma jupe, je pris une bonne couche de papier toilette que je mis en gage de serviette hygiénique pour protéger mon sous-vêtement. À la fin des cours, je me confiai à une amie qui, elle, était déjà passée par là. Elle me confirma que ce sont des écoulements normaux et que je devrais en parler avec Maman. Ce à quoi Maman répondit en criant « *Ma fille est devenue une femme, eh !* » lorsque je le lui annonçai. Je ne comprenais pas ce que ça voulait réellement dire, mais je réalisai que cet événement me faisait passer une étape dans le développement de la jeune fille que j'étais.

De plus, mon corps commença à se développer assez tôt. À peine à 12 ans, j'avais une taille de poitrine dont le bonnet avoisinait le D. Je n'étais plus une enfant, mais comme ma mère me le disait bien, une jeune femme en devenir. Introvertie à cette étape de ma vie, je devins très protectrice avec mon corps. Je refusais que même ma mère voie ma nudité.

« Les filles ! Alika ? Viens avec tes sœurs et ton frère au salon ! cria Maman.

— On arrive !

— Je me dépêchai de tirer mes sœurs avec moi au salon. Maman était là, assise sur le pouf vert. Papa, lui, était assis dans le canapé aux côtés de Tonton Tchor.

— Oui Maman, nous sommes là !

— Mets-toi là devant. Et déshabille-toi, m'ordonna-t-elle.

— Quoi ? Me déshabiller ? Me mettre nue devant tout le monde ? »

Je ne pouvais pas croire qu'elle me demandait d'ôter mes vêtements ! Cette instruction me surprit et me parut incompréhensible. J'eus l'impression que le ciel s'abattait sur moi. Il fallait absolument trouver une alternative à cela. Je tentai de dire un mot pour m'y interposer, mais Papa réagit d'un ton menaçant : « Fais-le vite ! ».

Le cœur lourd, je commençai à enlever ma robe avec hésitation. Simultanément, je vis Tonton Tchor s'approcher de moi avec une lame grise et un sachet contenant une poudre de couleur noire. Il me toucha les côtes et le dessus de la poitrine sur laquelle il fit des coupures avec sa lame, puis il prit sa poudre et la frotta sur ces coupures. À cet instant, de nouvelles questions surgirent dans mon esprit : *a-t-on autant besoin de tout cela juste pour vivre ? Pourquoi ma famille ?* Je n'aimais pas ce monsieur, je n'aimais pas le fait d'être à moitié nue devant eux, et je n'aimais pas ce qu'il me faisait. Je ressentis en moi une douleur, une gêne, de l'incompréhension… mais je dus rester stoïque. Et comme mon père me le rappelait chaque fois, c'était mon devoir de montrer l'exemple à mes sœurs et mon frère.

Le rite dura quelques minutes qui furent pour moi très longues. Ensuite arriva le tour de mes sœurs et mon frère. Mais, ceux-ci résistèrent avec des cris et des pleurs qu'ils finirent par dissuader ce marabout. Pour ma part, j'allais devoir vivre avec ces marques qui ne disparaîtraient jamais. Tous ces événements firent grandir mon antipathie envers ce nouvel « oncle ». Je ne l'aimais simplement pas. Je priais pour qu'il s'en aille et ne revienne plus jamais.

Un jeudi matin, je me préparais pour l'école. À peine sortie de la salle de bain, ma mère me demanda d'aller voir Tonton Tchor pendant qu'elle préparait mes sœurs et mon frère. C'était notre fameuse routine matinale. J'enfilai donc une robe et me rendis au salon. Tonton Tchor était seul dans la pièce, assis sur le petit fauteuil vert, il tournait cette fameuse mixture écœurante. Je m'avançai vers lui et mes pas bruyants le firent lever ses yeux vers moi.

« Tiens ! Bois ! ordonna-t-il en me donnant son verre. Je le bus d'un coup sec et me retournai pour m'en aller. Mais je sentis l'oncle me retenir.

– Attends, ce n'est pas fini, dit-il sur un ton plus bas.

– Comment ça, Tonton, ce n'est pas fini ? répliquai-je.

– Aujourd'hui, je vais passer quelque chose sur le corps.

– N'aie pas peur, c'est aussi pour te protéger.

– D'accord, Tonton. »

Nous étions là, seuls dans le salon, et il voulait me toucher le corps. L'atmosphère était lourde. Je n'étais pas convaincue par ses propos, mais je me sentais forcée d'accepter, car mes parents nous obligeaient à le laisser faire ce qu'il voulait, sous prétexte d'une protection spirituelle.

Debout devant lui, je le vis se baisser et prendre une bouteille dans laquelle il y avait du miel mélangé à des choses que je ne pouvais décrire. Il commença par frotter ses mains sur mes bras et descendit ensuite sur mes jambes. Je perdais patience, car il prenait tout son temps. À un moment donné, je sentis ses mains remonter langoureusement vers mes cuisses. Il reprit un peu de son mélange, m'écarta les jambes avec force, puis fixant son regard menaçant et pervers sur mon visage, enfonça son doigt dans mon vagin. Ce fut soudain, et brusque. À cet instant, je me rendis compte qu'il venait de faire quelque chose d'étrange. Mon réflexe fut de me dégager de lui, mais il réussit à me bloquer par les épaules avec sa main gauche, sa main droite étant toujours en moi.

Qu'est-ce qui était en train de se passer ? Je n'arrivais ni à parler ni à bouger. J'avais atrocement mal. Ma gorge devint subitement sèche, figée et aucun son ne put en sortir.

« Ça va ? Reste tranquille, c'est pour te protéger ! Tu as mal ? Sa question resta sans réponse. Puis il poursuivit : « Ne dis rien à personne, ça ne va pas te faire mal. Si tu parles, tu vas mourir. »

Tout d'un coup, je sentis que la pression de ses doigts en moi était de plus en plus intense. Il venait d'insérer un deuxième doigt dans cet endroit intime de mon jeune corps. J'étais toujours là, figée, et comme emprisonnée dans une bulle, un temps sans fin. J'avais énormément mal et cet homme continuait à faire des va-et-vient en moi avec sa main droite pendant que sa main gauche caressait ma poitrine. Je ne pouvais croire qu'un tel homme était parvenu à poser un acte aussi animal à quelques mètres de ma mère.

Quel pouvoir mes parents lui avaient-ils donné pour qu'il se permette d'entrer dans mon intimité sans aucun scrupule, en la présence de ma mère ? Pourquoi mes parents étaient-ils si naïfs de faire confiance à un inconnu si étrange, au point de le laisser toucher le corps de leurs enfants ?

VITA

« Venez à moi vous tous qui êtes fatigués et chargés, et je vous donnerai du repos. »

Jésus-Christ

Je vivais un cauchemar. Maman allait pourtant de mieux en mieux. Comment et pourquoi était-elle partie pour ce voyage sans retour ? Quand je me réveillai de mon évanouissement, Ashanti était à côté de moi et pleurait. Elle pensait que moi aussi j'allais mourir. Papa vint me donner un verre d'eau et me pria de me reposer. Mais je n'y arrivais pas. Je voulais savoir ce qui s'était passé, car, plus douloureux encore, nous n'avions pas pu lui dire au revoir.

Le lendemain, Papa nous expliqua qu'elle s'était mise à convulser dans la nuit. Il l'avait emmenée d'urgence à l'hôpital pendant que nous dormions et une heure plus tard elle avait rendu l'âme. La confusion continuait de régner dans mon esprit. « Pourquoi ? » était la seule question que je me posais. Pourquoi les autres avaient le droit d'avoir leurs deux parents jusqu'à ce qu'ils aient des arrière-petits-fils, alors qu'Ashanti et moi n'aurions même pas l'occasion de célébrer notre treizième anniversaire avec notre mère ? Je trouvais ce sort si injuste.

J'étais inconsolable, car je ne voulais pas croire que j'allais grandir sans ma mère. Qui allait encore jouer au Mbang avec nous ? Qui allait encore nous aider à faire nos devoirs ? Et la place avant de la voiture ? Elle resterait vide ? Qui allait encore nous réprimander ? Avec qui irions-nous visiter les orphelins ? À cet instant-là, même les punitions de Maman allaient me manquer. Maman ne serait pas grand-mère ni ne pourrait célébrer nos mariages. L'image de son grand sourire ne cessait de repasser dans mon esprit.

Pendant ses obsèques, on ne cessa de me répéter : « Acceptons la volonté de Dieu, Il a donné, Il a repris. » J'étais consciente à cette époque que nous allions tous mourir, mais selon moi, ma mère était partie trop tôt et surtout, elle avait énormément souffert.

Après ses funérailles, nous comprîmes que nos parents planifiaient davantage de temps en famille ces dernières semaines, car ils savaient que Maman nous quitterait bientôt. Apparemment, elle avait développé des métastases et était en phase terminale. Ils souhaitaient que nous gardions de nombreux souvenirs, ceux d'une mère proche de ses enfants, même dans la plus grande vulnérabilité. Mon père fut brave durant ces moments. Je sais qu'il puisait sa force en son Dieu. Durant sa maladie, Maman n'avait plus de cheveux et ne faisait plus qu'un avec son ombre. Je me sentais agacée lorsque les gens du quartier venaient m'assaillir de questions. Des rumeurs couraient, affirmant que ma mère avait le sida. Et même si cela avait été le cas, ne restait-elle pas humaine comme nous ? Quoique non ! Elle ne ressemblait plus à celle avec qui j'avais vécu mes douze petites années. Avant sa maladie, elle était une femme d'une corpulence assez imposante, qui aimait se coiffer en tirant simplement ses longs cheveux noirs en arrière. Elle ne dépassait pas un mètre soixante-dix et avait des yeux bridés de couleur marron. D'ailleurs, j'avais aussi les yeux bridés comme elle. Sa classe et son charisme envahissaient chaque pièce dans laquelle elle entrait. Et, lorsqu'elle parlait, elle avait toujours les justes mots pour régler les situations qu'on lui présentait. Sa sagesse était divine. Maman ne portait que des robes qui épousaient ses rondeurs et qui lui donnaient une forme de guitare, car elle aimait son corps. Elle disait toujours : « C'est ce que votre père a aimé chez moi, donc je ne vais pas changer ça. »

Malheureusement, la maladie ne lui avait pas laissé d'autres choix que de perdre ces atouts dont elle était si fière. Cependant, mon père lui rappelait toujours à quel point elle était belle à ses yeux. Je le voyais s'occuper de Maman même lorsqu'elle ne marchait plus, car avant l'apparente amélioration de sa condition, son état physique s'était dégradé pendant un mois. Papa avait pris des congés sans solde à son travail pour s'occuper de sa bien-aimée. Il cuisinait pour elle, lavait ses vêtements et même ses sous-vêtements, la nettoyait lorsqu'elle vomissait. Il oubliait parfois de se laver lui-même, car il désirait mettre Maman le plus à l'aise possible. Il s'oubliait pour sa femme et ce fut pour moi le plus bel exemple en tant que mari et père qu'il sut nous montrer. Pour le meilleur et pour le pire. Je ne pouvais que lui tirer ma révérence. Il est vrai que tous les hommes ne sont pas comme mon père. Une fois, une amie me contacta en larmes : elle avait découvert que son père menait une double vie pendant que sa mère était sur un lit d'hôpital, se battant contre un cancer. Le pire, si on peut le décrire ainsi, c'est qu'il avait un enfant de deux ans avec cette femme. Lorsqu'il se déplaçait pour de soi-disant voyages d'affaires, la réalité était qu'il allait voir sa deuxième famille. La femme adultère, quant à elle, était bien consciente de l'état matrimonial de cet homme, mais elle ne semblait pas dérangée par la situation. Il fallait bien qu'elle gagne son pain de quelque manière. En écoutant une telle histoire, je ne pouvais qu'éprouver de la fierté d'être la fille de M. Faith Landa. Un homme qui savait démontrer sa loyauté et sa fidélité à sa famille.

Le décès de ma mère, je le surnommai le tunnel de la mort. Le chagrin s'intensifia jour après jour et je sombrai à petit feu. Je me vis y passer également. Ce fut l'un des pires moments de mon existence. J'avais conscience que Maman était malade, mais je n'avais jamais imaginé que la vie me la reprendrait si tôt et si vite. Elle m'avait appris à prier, à travailler, à respecter les autres et à m'intéresser à eux, à donner et à partager, à me débrouiller et à savoir garder mon calme en tout temps. Pour moi, une mère est un repère. Elle voit loin, ressent et pressent tout et surtout, elle sait anticiper. La mienne m'avait instruite selon ses valeurs et ses croyances. Pour cela, je lui serais toujours reconnaissante.

Plus tard, à mes 20 ans, j'assistai à une célébration de pâques dans une église protestante et le thème venait de cette phrase: « Tout est accompli ». En écoutant le monsieur faire l'étude biblique, je fus intriguée par ses dires qui me semblaient hors du commun. Il venait casser un système de pensée que j'avais toujours eu. *« Si Jésus a tout accompli en mourant à la Croix, s'Il y a porté nos meurtrissures et s'est chargé de nos maladies, s'Il dit qu'il n'y a plus de condamnation pour ceux qui sont en Lui, s'Il a paru pour détruire les œuvres du diable, alors, nous ne devrions plus attendre que Dieu nous donne Sa guérison. Car celle-ci nous a déjà été accordée à la croix, lorsque Christ versa son sang pour l'humanité. Sur ces tranches de bois, Il a porté tous nos fardeaux afin que nous soyons libres. Il nous appartient désormais de nous servir de ce cadeau. Et, le seul moyen de vivre cette Parole et la victoire sur toute anomalie dans nos vies est d'avoir la foi. La foi est la manifestation dans le physique de ce qui est déjà accompli dans le spirituel. »* C'est ainsi que je compris que nous passions bien souvent à côté d'une multitude de choses, car nous attribuions tout à la « volonté de Dieu ». Or, la seule volonté de Dieu est que nous ayons la foi, et que nous croyons, même quand la situation paraît inchangeable.

Cette prise de conscience spirituelle évolua lentement, mais influença véritablement mon état d'esprit des mois suivants : la joie. D'ailleurs, cette joie de vivre et la paix dans lesquelles je baignais, malgré les difficultés de la vie, soulevèrent plusieurs questionnements dans mon entourage. On me demandait d'où je tirais ma joie de vivre et la paix qui m'animaient. J'avais tendance à répéter que mes parents avaient pris soin de déclarer de bonnes choses sur ma vie à travers mon prénom et je ne saurais cacher que l'amour inébranlable de Dieu, enseigné par mes parents et expérimenté personnellement, était mon premier refuge.

Quelques mois après les funérailles de Maman, je m'envolai vers d'autres horizons. Ce départ marqua le début d'un tout autre chapitre de ma vie.

ALIKA

« J'ai cru que j'allais mourir, je me rappelle cette douleur. Je n'ai rien dit. »

Nadège Beausson-Diagne

Je n'arrivais pas à parler. Je pleurais intérieurement. Ces minutes me paraissaient une éternité. Pendant combien de temps allais-je rester là devant lui, le laissant me faire ces choses immondes ? Je n'avais pas de réponse. Je me sentais juste impuissante. Pour moi, le temps s'était arrêté et je ne savais plus où j'étais. Ma conscience me reprochait de le laisser faire et me culpabilisait en même temps. Je me sentais misérable, car quelqu'un venait d'entrer là où moi-même je ne l'avais pas autorisé.

J'ignore exactement combien de temps tout cela dura. Dès qu'il retira ses mains de mes parties intimes et arrêta de caresser ma poitrine, il s'adressa à moi avec un regard méchant.

« Ça va ? Ne dis rien à personne. Si tu vas mal, viens me le dire. Sinon quelque chose pourrait t'arriver, chuchota-t-il.

– D'accord Tonton. »

Je me dépêchai de quitter le salon et me rendis dans ma chambre pour m'apprêter. La crainte de me toucher commença à s'emparer de moi. Je ne voulais plus aller aux toilettes, ni même faire une toilette intime, bien que j'en ressente le besoin.

« Ama ! Ama ! Va voir Tonton Tchor ! », cria Maman.

Une frayeur me saisit. Oui, je craignais qu'il fasse la même chose à ma petite sœur. Et en même temps, je me sentais tellement faible que je n'eus pas la force de vérifier si Maman accompagnait Ama au salon. La seule chose que je réussis à faire à cet instant-là fut de prier, afin que Dieu lui épargne ce que ce monsieur venait de me faire.

Quelques minutes plus tard, j'étais prête physiquement pour aller à l'école, mais totalement perdue dans mes pensées. La journée fut très longue. Je ne réalisais pas ce qui m'était arrivé plus tôt dans la matinée. Craignant la réaction des parents à mon égard, je ne savais pas à qui parler. Je me sentais seule, en état de choc et surtout très sale. J'avais une amie au collège, mais je la savais bavarde. Je désirais ardemment parler à quelqu'un, mais je craignais que l'on me trahisse. Je redoutais aussi de l'avouer à mes parents et qu'ils me reprochent de ne pas avoir dit non, ou de ne pas avoir refusé que ce monsieur touche mon sexe, ou encore de ne pas avoir crié. Je craignais que mon père, devenu très impulsif, me frappe parce que je n'avais pas eu le courage de réagir. Je commençais donc à penser que ce qui m'était arrivé était ma faute. Bien sûr ! J'étais allée au salon dans une robe sans sous-vêtements; j'avais laissé Tonton Tchor me faire des attouchements; je n'avais pas su lui dire d'arrêter, alors, je l'avais bien mérité.

Je supportai tant bien que mal cette douleur et réussis à finir ma journée à l'école, bien que très pensive. La sonnerie retentit et arriva le temps de rentrer à la maison. J'appréhendais le moment où je rencontrerais à nouveau Tonton Tchor dans ce salon. Et même si je ne trouvais pas la force d'en parler, j'étais sûre d'une chose, je ne voulais plus qu'il me touche. Comme les autres élèves, je me mis en rang pour monter dans le bus scolaire qui nous ramenait à la maison. Il parviendrait à mon domicile en quarante-cinq minutes environ; son chauffeur était un amoureux de *l'Afrobeat**. J'étais parmi les derniers élèves qu'il déposait, et cela m'arrangeait bien. Je n'avais aucune envie d'être en présence de ce féticheur.

« Bonjour tout le monde.

— Bonjour Ali ! Ça a été à l'école ? demanda Maman.

— Oui ! » répondis-je, pressant le pas vers ma chambre.

Je me précipitai dans la salle de bain pour me débarrasser de cette sensation d'impureté. J'ouvris le robinet et laissai cette eau glacée inonder mon corps. Ce soir-là, ma douche fut très longue. Je ne cessai de laver mes parties intimes avec de l'eau et du savon, essayant de faire disparaître tout ce que ce féticheur avait osé toucher. Mais le mal étant déjà fait, le souvenir restait ancré en moi et rappelait la douleur que je ressentais au fond de mon cœur.

Trente-cinq minutes plus tard, le bruit de l'eau qui retentissait toujours dans cette douche interpella mon père.

« Alika ! » dit-il en cognant à la porte. « Est-ce que tu sais que ça fait plus de trente minutes que l'eau coule ? L'eau n'est pas gratuite ici, donc dépêche-toi de finir ! En plus, le dîner va être servi ! »

Il venait de dire que le dîner allait être servi, mais je n'avais aucune envie de me retrouver face à ce violeur d'intimité. Je n'avais même pas faim. Tout ce que je voulais, c'était de m'allonger sous mes draps.

Je ne répliquai pas et fermai simplement le robinet. Je ne me pressai pas non plus pour les rejoindre. Habillée d'un nouveau pyjama, je m'avançai de manière très nonchalante vers la salle à manger et m'assis à côté d'Ama. Heureusement qu'il n'y eut pas assez de place à la table pour accueillir Tonton Tchor; Papa et lui prirent leur repas au salon. Bien évidemment, je fis tout mon possible pour ne pas croiser cet oncle, ni du regard ni physiquement. Il m'était impossible de regarder cet homme qui avait abusé de moi, et qui l'avait peut-être aussi fait avec mes sœurs. Jusqu'alors, je n'avais toujours pas trouvé les mots pour demander à mes sœurs s'il avait aussi osé poser cet acte envers elles ce matin. J'espérais juste que ce n'était pas le cas.

Deux jours après ce tragique événement, je commençai à ressentir des picotements dans mon vagin. Que se passait-il ? Je faisais pourtant mes toilettes quotidiennes avec de l'eau comme ma mère me l'avait appris. Aussi, je portais des sous-vêtements propres et secs ! Qu'avais-je donc ? Je me dis que les choses iraient mieux dans quelques jours. Apeurée, je n'en parlai pas.

Les jours s'enchaînèrent et, malheureusement pour moi, les picotements se transformèrent en démangeaisons. Une semaine plus tard, je remarquai un liquide marron et malodorant coulant de mon vagin. Je me retrouvai à changer mes sous-vêtements toutes les deux heures pour éviter d'être tachée.

Le temps passa; les démangeaisons et les picotements s'amplifièrent, mais je restai très discrète afin que mes parents ne le remarquent pas. Je fis en cachette des bains de siège et des toilettes à l'eau chaude qui me soulagèrent temporairement. Cependant, le problème persistait. Avais-je attrapé une infection ? Avait-il endommagé une partie de mon intimité avec ses doigts aussi longs que ses pieds ? Je décidai donc de porter des protections hygiéniques. Lorsqu'il n'y en avait plus, j'utilisais des tissus en pagne dans mes sous-vêtements afin de contenir les écoulements. Je me débrouillai seule avec mes propres moyens, car mes parents ne devaient pas en entendre parler.

__VITA__

« La vie est une leçon qu'on n'a jamais fini d'apprendre. »

Proverbe guinéen

Aéroport international de Douala, 3 juin 2004, 22 *h* 55 heure locale.

« Madame, Monsieur, bonjour ! Ici, votre chef de cabine Lyan Schaffer. Le commandant de bord, Mr Faitout, et l'ensemble de l'équipage ont le plaisir de vous accueillir à bord de cet Airbus A380-800 d'Air France, membre de Skyteam. Nous nous assurons de votre confort et de votre sécurité durant ce vol à destination de Paris-Charles de Gaulle. Le temps de vol sera de 6 h 35. Nous allons bientôt décoller. Votre tablette doit être rangée et votre dossier redressé. Nous vous remercions d'avoir choisi la compagnie Air France et nous vous souhaitons un bon vol. »

« J'ai du mal à y croire ! Moi, dans un avion à destination de la France. Mes connaissances sur la culture de ce pays restent faibles. Toutefois, j'ai appris certaines choses grâce à la télévision et à la musique, notamment aux émissions Star Académie et Nouvelle Star. *« Je sais également que c'est à Paris que l'on peut visiter la tour Eiffel et les Champs Élysées. J'espère qu'on m'y emmènera. »*, pensai-je à cet instant. Quelques secondes plus tard, je sentis mon corps s'incliner vers l'arrière. Un regard vers le hublot me confirma que nous quittions la terre ferme. Mes larmes coulèrent. Je laissais derrière moi Papa et Ashanti. Bien que je voulusse découvrir ce pays que j'admirais grâce aux médias, mon cœur se déchirait de savoir que je ne serais plus jamais avec mon père et ma sœur. Je partais, car, à la suite de différends avec Papa, la famille de Maman avait décidé qu'il était préférable pour moi de vivre chez une de mes tantes maternelles. Pourquoi moi et pas Ashanti ? Je l'ignorais. Le sort était simplement tombé sur moi et je devais y aller.

Peu de temps après mon enregistrement au comptoir, et au moment de nous dire au revoir, Ashanti avait pleuré dans mes bras. Papa, lui, s'était retenu.

« Ma fille, prie et lis toujours ta Bible. Ta sœur et moi allons t'appeler chaque semaine. Sois sage et peu importe ce qui se passera là où tu seras, va de l'avant. Souviens-toi du nom que tu portes, c'est ton identité. Ta mère et moi ne te l'avons pas donné au hasard. Utilise-le ! Concentre-toi sur tes études et ne te laisse pas distraire. Médite sur les derniers conseils de Maman. Je te bénis. Je t'aime. »

Nous nous fîmes un dernier câlin à trois. À cet instant précis, je ne voulais plus les quitter, je ne souhaitais plus voyager. Je n'avais plus ma mère et je devais me séparer du reste de ma famille. Non ! Je désirais rester avec Papa et Ashanti dans notre modeste maison, où, malgré les coupures hebdomadaires d'eau et d'électricité, la chaleur de l'amour que nous nous portions illuminait nos âmes.

En avançant vers l'entrée de l'avion, je me fis une promesse : *« Je ferai la fierté de la famille Landa ! Oui, Papa, Maman, Ashanti et Dieu seront fiers de moi. »*

***

Aéroport de Paris-Charles de Gaulle, 4 juin 2004, 6 h 30 heure locale.

« *Mesdames, Messieurs, en vue de notre prochain atterrissage, nous vous invitons à regagner et à redresser vos sièges, à attacher vos ceintures de sécurité. Le temps à Paris est nuageux et la température est de 24 degrés… Nous vous remercions d'avoir choisi Air France.* »

Je sortis de l'avion. Une sonnerie retentit, puis j'entendis dans l'interphone : « *Les passagers du Boeing 777 en direction de Malabo sont priés de bien vouloir se présenter aux comptoirs d'enregistrement.* ». Malabo, c'était chez moi en Afrique, en Guinée Équatoriale. L'air nostalgique et traînant les pieds, je marchai sans savoir exactement où j'allais.

« Vita ! Vita ! Par ici ! Nous sommes ici ! »

Ces cris me poussèrent à tourner la tête. Je vis là trois personnes sautiller en criant continuellement mon nom. Tante Abeni courut dans mes bras pour m'accueillir.

« Oh, ma chérie, ça fait si longtemps ! Qu'est-ce que tu as grandi ! Comment s'est passé le voyage ? demanda-t-elle.

— Bien Tata, répondis-je timidement.

— Tu es le portrait de ta Maman ! Très belle fille ! Moi, c'est Tonton Laurent.

— Oui Vita, je te présente mon mari, Tonton Laurent. On l'appelle aussi Tonton Lolo.

— Bonjour Tonton Laurent, dis-je poliment.

— Tu sais, Laurent ? J'ai changé ses couches quand elle était petite. Aujourd'hui, la voilà grande comme tout… »

C'était étrange. Je me tenais au milieu de deux personnes tout excitées de me voir et qui semblaient me connaître si parfaitement. Cependant, je ressentais un grand vide, comme si j'étais en présence d'inconnus. Ils étaient étrangers à mon quotidien et je le ressentais au plus profond de moi. Tante Abeni était la cousine de Maman. C'était chez elle que je devais désormais vivre. C'était une femme de teint foncé, mince et de petite taille. Elle avait les traits du visage très fins et était coiffée d'une courte coupe afro. Son mari, lui, avoisinait un mètre quatre-vingts. De corpulence normale, il arborait une grosse barbe qui cachait ses petites lèvres rosées. Il n'avait pas de cheveux sur la tête et portait des lunettes de forme ronde. Il était assez charmant.

Nous prîmes un taxi qui nous emmena à Colombes, une ville en Ile-de-France. C'était l'anniversaire de la petite sœur de tante Abeni. Cette occasion fut parfaite pour que je fasse la connaissance de ma grande famille de France, avant notre départ pour Bordeaux, où ils habitaient.

Tante Abeni et Tonton Laurent avaient une fille de 14 ans, Daisy. Jeune métisse et assez enfant gâtée, selon moi. Sa couleur de peau ressemblait à celle de la chanteuse Kelly Rowland. Elle avait de longs cheveux *curly* et des yeux verts qu'elle avait hérités de sa grand-mère paternelle. Daisy était une très belle fille. J'étais contente de rencontrer une personne comme elle.

Mes oncles décidèrent de me reconnaître comme leur enfant. J'acquis donc la nationalité française et devins leur deuxième fille. Ils m'accueillirent chez eux, car ma famille maternelle avait mis en place tous les moyens pour m'enlever à mon père, mais il restait l'auteur de la femme que j'étais devenue. C'est lui qui me donna mon premier biberon et qui choisit mon deuxième prénom, Héri, qui signifie bonté.

Ma famille maternelle l'accusait d'avoir tué ma mère, arguant qu'il l'avait vendue aux sorciers de son village pour de l'argent. Il faut croire qu'en Afrique, rares sont les personnes qui meurent naturellement. Si le mari est vivant, on le tiendra responsable de la mort de sa femme. S'il n'est plus, on remontera jusqu'aux tantes et oncles du village, probablement jaloux et sorciers. Il m'arriva de voir des couples se déchirer parce que la famille de l'époux accusait la femme de tuer leurs propres enfants. Je vis des enfants grandir dans la haine de leurs oncles et tantes parce que ces derniers ne s'étaient pas gênés pour les abandonner comme des enfants bâtards, sous le prétexte que leur belle-sœur ou belle-fille était à l'origine du décès de leur fils. Perdre un être cher est assez douloureux. Se faire faussement accuser est par-dessus tout effroyable. Je compris que certaines belles-familles oubliaient malheureusement qu'elles n'étaient pas plus déboussolées par le décès de leur fils ou fille que le conjoint même. Je réalisai que tous ces veufs et veuves qui passaient sous le poids de la condamnation malgré leur innocence, et qui parvenaient à garder leur cœur pur ainsi que leurs enfants dans une attitude de pardon et de paix, étaient à saluer.

Mes premiers jours en France furent très joyeux. Je visitai la fameuse tour Eiffel, découvris les corn flakes, les Kinder Bueno et les yaourts Danone pour la première fois. Moi qui avais l'habitude de les voir à la télévision! Je pus même visiter le parc Disneyland grâce à Laura, une cousine qu'il avait mandatée pour veiller sur moi.

Bien que je vivais un conte de fées pendant plusieurs mois, celui-ci se transforma rapidement en cauchemar.

<u>ALIKA</u>

« Tu t'es fatigué à force de consulter : qu'ils se lèvent donc et qu'ils te sauvent, ceux qui connaissent le ciel, qui observent les astres, qui annoncent d'après les nouvelles lunes ce qui doit t'arriver. »

Esaïe

Les écoulements persistèrent, mais je ne sentis pas le courage d'en parler à ma mère. Elle me poserait des questions auxquelles je ne serais pas prête à répondre. La seule chose que je pouvais faire était de lutter en silence en utilisant les produits intimes de ma mère sans rien lui dire. C'est bien plus tard que, grâce à des cours sur l'hygiène à l'école, je compris que j'avais attrapé une infection.

Un jour d'école, à 14 h, j'étais assise sur un banc dans ma classe de 5ᵉ B, juste à côté de la porte d'entrée. Notre salle de classe était située au premier étage du bâtiment scolaire, au fond du couloir. Durant un cours de mathématiques, alors que le professeur corrigeait un exercice, je me perdis soudainement dans mes pensées. Je sentis une substance liquide s'écoulant de mon entrejambe. Une panique me saisit. Je n'avais apporté aucun vêtement de rechange. Je fis passer dans la classe un bout de papier portant l'inscription « alerte rouge ! ». C'était un message codé entre filles, symbolisant l'arrivée des menstruations et qui permettait de solliciter de l'aide. Dans mon cas, cette alerte cachait un tout autre problème. Mais aucune de mes camarades n'avait de serviettes hygiéniques, et toutes les réponses que je reçus indiquèrent « pas d'armement ». Je fus désemparée, mon malaise empira. Je priai que l'écoulement s'arrête, en vain. Je décidai donc de rester sur ce banc sans bouger d'un millimètre.

Deux heures plus tard, la sonnerie retentit. Alors que je quittais le banc, ma camarade Oussina, assise derrière moi, tapota mon bras.

« Hum, tu as une grosse tache sur ta jupe Alika. En plus, je ne sais pas si c'est ça, mais quand tu t'es levée, une odeur bizarre s'est fait sentir. »

Je portais une jupe kaki désormais tachée, avec une odeur nauséabonde qui s'en dégageait. J'avais honte.

J'avais davantage honte, car mes camarades s'éloignaient de moi en se moquant. Je pensais qu'on était une équipe, mais les voilà qui m'abandonnaient sans même me proposer de l'aide. Je ne comptais même pas me justifier ou leur expliquer quoi que ce soit, car elles ne me croiraient pas. Ce qui me restait à faire était de prendre sur moi et de foncer à la maison. Je m'avançai doucement vers la sortie du collège en rasant les murs. Chance ! Le bus scolaire stationnait déjà à l'entrée. Je courus et m'assis tout au fond pour que cette odeur n'envahisse pas les lieux. Le soulagement total apparut lorsque je me rappelai que j'étais la dernière à descendre du bus.

Arrivée sur le seuil de la maison, je frappai vigoureusement à la porte, attendant avec empressement que l'on m'ouvre. La porte s'ouvrit et c'est Tonton Tchor qui se trouvait de l'autre côté. J'entrai en courant sans lui dire bonjour et me précipitai vers la salle de bain. Afin de n'éveiller aucun soupçon de ma mère, je décidai de laver la tache sur ma jupe à la main et de la laisser sécher derrière mon lit dans ma chambre. Avec trente-sept degrés de température, elle devrait normalement être sèche pour le lendemain. Je bondis ensuite dans la baignoire, contente de prendre ma douche.

« Alika !! C'est quoi ces manières ? dit Maman en cognant à la porte de la salle de bain. Ça fait déjà plusieurs jours que tu restes plus de quinze minutes sous l'eau ! Sors de là, vite ! Les factures ne se paient pas seules !

– J'ai compris », dis-je en balbutiant.

À cet instant, j'eus l'impression d'être seule au monde. Je me mis à prier et les mots que je prononçais blâmaient Dieu, l'accusant de m'avoir abandonnée. S'Il existait, pourquoi ne m'avait-Il pas secouru depuis le début ? Et mes parents ? Ils sont censés être mes protecteurs, mais ne jouent pas ce rôle ! Comment est-ce que je vais vivre avec ce qu'il m'a fait ? Qui me croira quand je dirai la vérité ? J'ai mal dans mon corps, je me sens brisée émotionnellement, je n'ai personne à qui parler, et Dieu m'a abandonnée.

J'étais jeune, mais maintes fois j'avais pensé au suicide pour être libérée de cette douleur. Cependant, j'avais peur de me tailler les veines, j'avais peur de me blesser, je n'aurais jamais le courage de me pendre.

Tonton Tchor, toujours parmi nous, agissait comme si de rien n'était. J'adoptais à son égard une attitude et un comportement hostiles qui le dissuadaient de m'approcher. Chaque fois qu'il me parlait, je le fixais durement, le regard plein de colère. Je veillais également à ce qu'aucune de mes sœurs ne se retrouve seule avec cet homme, qui avait ouvert en moi une blessure que rien ne pouvait actuellement guérir. Je n'acceptais pas l'éventualité qu'il leur fasse subir la même chose. Mon unique souhait était que cet homme quitte notre maison et ne revienne plus jamais. Il pouvait même mourir et disparaître de la surface de la Terre. À cause de cette situation, je n'arrivais plus à être aussi joviale qu'auparavant. D'ailleurs, à la maison, ils l'avaient bien remarqué. Je me renfermais de plus en plus sur moi-même, et manifestais de l'aigreur. Il m'arriva même de manifester de l'insolence à cause de cette colère en moi. En parallèle, je devenais très protectrice envers mes sœurs, et ne supportais plus de me retrouver dans une pièce fermée avec un homme, peu importe le lien que nous avions. Je pensais que si Tonton Tchor avait pu me faire ça, alors n'importe qui pourrait vouloir le reproduire avec moi. Mon traumatisme m'éloignait de tout homme, y compris mon père. Mes parents essayèrent d'engager la conversation plusieurs fois avec moi, mais je n'arrivais pas à m'exprimer. Encore moins avec cet arnaqueur dans la maison. Je devins muette, seule dans mon monde, accablée par mes frustrations. En outre, la présence de Tonton Tchor inhibait ma volonté d'en parler. *« De toute façon, qui me croira ? »*, me disais-je.

Les parents ne juraient que par lui. Et de facto, il était certain qu'il n'avouerait jamais. À travers ses menaces qui m'obligeaient à rester silencieuse, je nourrissais la peur qu'il me refasse du mal, ou que quelque chose arrive à ma famille.

Cet oncle aux actes morbides quitta la maison durant un mois d'août. Quel soulagement ! J'étais dans ma chambre avec Maman et les filles. Nous nous préparions pour l'école.

« Maman, on va encore boire le truc que Tonton Tchor nous donne ?

— Ama, il est parti et ne l'appelle plus Tonton.

Je me retournai brusquement.

— Il est parti ? Définitivement ? dis-je en souriant de toutes mes dents.

— Oui.

— Yes !

— Hum, Alika ! Ça fait des mois que dans cette maison nous n'avions plus vu tes dents. Donc tu es contente qu'il soit parti ?

— Je ne l'ai jamais aimé de toute façon, répondis-je en sortant de la chambre pour aller prendre mon petit-déjeuner. »

Pourquoi était-il parti ? Cela ne m'intéressait pas ! J'étais juste heureuse que Dieu ait finalement répondu à mes prières. Enfin, je ne le verrai plus ! Enfin, je ne me rappellerai plus ce qu'il m'avait fait ! Il était temps de tout oublier. J'étais résolue à ce que ce souvenir s'en aille aux oubliettes, d'autant plus que cette infection avait elle aussi disparu. Pour moi, je commençais une nouvelle année, même si nous étions en plein milieu de celle en cours. Il est vrai que j'étais déterminée à tourner la page, mais mes parents n'étaient qu'au début de leur surprise.

VITA

« *Priez pour ceux qui vous maltraitent.* »

Luc

« Vee ! Vee ! Vita ! Que fais-tu encore couchée à cette heure-ci ? Et ma chemise ? Elle n'est pas repassée ? Sors de ce lit ! Tu n'es pas ici pour dormir ! »

« *Tu n'es pas ici pour dormir !* » C'était la phrase préférée d'Oncle Laurent. Si ce n'était pas lui qui gueulait, c'était sa femme qui m'insultait. En cela, ils formaient une bonne équipe. Le couple si charmant au début s'était transformé depuis peu en monstre à deux têtes. Ils estimaient anormal qu'à cinq heures du matin je sois toujours endormie. Je devais me lever, faire le ménage, repasser la tenue de travail de l'oncle et préparer le petit-déjeuner. Pendant ce temps, Daisy, leur fille, dormait paisiblement. C'était devenu mon quotidien depuis la rentrée scolaire.

Un matin, alors que je ne me sentais pas bien, je décidai de faire la sourde oreille lorsque mon oncle viendrait me réveiller. Quelle erreur ! Lorsqu'il entra dans ma chambre, j'eus à peine le temps de me retourner que je sentis une forte douleur sur mon bras. Il venait de me frapper. Et ce n'était que le début.

Le lendemain, je travaillais sur un devoir de maths que je devais impérativement rendre le jour même. Je m'endormis malheureusement sur mes cahiers en oubliant de laver la vaisselle. À cause de cela, je fus punie et privée de repas durant tout le week-end, bien que la tâche de cuisiner me revenait.

« Vita, qu'est-ce que tu fais là ?

— Tata, je goûte la sauce pour savoir s'il y a assez de sel…

— Qu'est-ce que je t'ai dit ? Que tu n'avais pas le droit de manger ce week-end, non !?

— Oui Tata.

— Alors, que fais-tu là ? Hein ? »

Elle termina sa phrase avec le populaire « *Tsuips* », en me poussant, et m'arracha la spatule des mains.

« Ah, va là-bas ! Tu encombres mon chemin ! Avec ton gros corps ! me lança-t-elle d'un air dédaigneux. On te dit de pratiquer du sport, tu ne veux pas. Peut-être qu'en ne mangeant pas pendant un moment tu perdras tes kilos en trop. D'ailleurs, si tu ne comptes pas maigrir, tu prends tes cliques et tes claques et tu dégages de chez moi ! Tu es là, comme ta mère. Je suis sûre que c'est son poids qui l'a tuée. »

Je montai dans ma chambre en pleurant et en demandant à Dieu pourquoi il m'avait arraché ma Maman.

Il est vrai que j'étais assez potelée : j'avais des hanches prononcées et une poitrine bien développée. Depuis mon arrivée en France, j'avais pris quelques kilos et cela se voyait surtout sur mon visage et mes cuisses. Toutefois, ce n'était pas une raison pour m'insulter et encore moins pour manquer de respect à ma mère.

Nous étions en plein mois de novembre. Sept mois déjà que je résidais dans le pays des Lumières et ma seule envie était de rentrer retrouver ma sœur et mon père. La moindre action que je pouvais poser dérangeait. J'avais l'impression de porter un vêtement sale dont l'odeur empêchait plus d'un de respirer. Qu'avais-je fait pour devoir subir tout cela ? Je pleurais le départ de ma mère chaque jour, me disant que je n'aurais pas eu à vivre ces inconvénients si elle avait été encore des nôtres. Ma petite sœur et mon père me manquaient. Je ne pouvais plus supporter toute cette pression. Je voulais rentrer chez moi.

« Vita ! Vita !! Vita !!!

— Oui Tonton !

— À qui est ce gel douche ?

— À moi, Tonton, c'est Laura qui me l'a donné.

— OK, tu iras aussi chez Laura prendre de l'eau pour te laver. J'en ai marre ! Je vais appeler ton père ce soir et on va s'entendre pour que tu rentres au Cameroun. »

Je me demandais quel pouvait bien être le rapport entre le gel douche et l'eau à prendre chez Laura. Cette dernière était celle à qui je me confiais sur les relations que j'entretenais avec ma tante et son mari. C'était la seule à qui je pouvais faire confiance, car elle avait vécu deux ans avec nous à Douala. De toute façon, hormis Laura, personne ne faisait cas de ma situation, même pas Daisy, dont le comportement montrait un désintérêt total à mon égard. Daisy sortait librement voir ses copines et avait le droit de participer à des activités extrascolaires. Ces loisirs m'étaient interdits sous prétexte que je pouvais « ramener une grossesse à la maison, car les filles du pays sont comme ça ». Il m'était seulement permis d'aller à l'école, de participer à quelques sorties scolaires, et de faire les courses de la maison.

Quelques heures après l'incident du gel douche, j'entendis une conversation entre mon oncle et ma tante, alors que je rangeais le linge.

« Mes sandales sont restées là sur l'escalier durant toute la journée. Mademoiselle est passée et n'a pas daigné les ranger, se plaignait ma tante.

— Toi aussi ! Ce sont tes sandales. C'est à toi de les ranger, hein !

— J'en ai marre de l'avoir chez moi ! Sincèrement ! » poursuivit-elle en soupirant.

Je courus dans ma chambre, fondis en larmes et priai Dieu de me délivrer. Je trouvais de tels propos injustes. Pourquoi m'avoir fait venir chez eux pour se plaindre de mon comportement, sans réel fondement ? Je cherchai en moi ce qui pouvait tant les agacer. Était-ce mes rondeurs ? Ou le fait que je ne sois pas leur enfant biologique ? Avais-je donc si peu de valeur à leurs yeux ? Était-ce logique de me blâmer pour n'avoir pas rangé le désordre dont tante Abeni était elle-même responsable ? Suffisait-il d'appeler une personne « ma fille » pour la considérer véritablement comme telle ? Seraient-ils capables de priver leur propre enfant de nourriture durant tout un week-end ?

Tant de questions défilaient dans mon esprit, alors que montaient en moi amertume et ressentiment. Je n'étais cependant pas au bout de mes peines.

ALIKA

« On ne peut récolter que ce qu'on a semé. »

Les jours passèrent et plusieurs vérifications prouvèrent à mes parents que Tonton Tchor était un escroc qui les avait dépouillés en profitant de leur détresse. Deux semaines après le départ de ce dernier, l'une de nos employés de maison avoua aux parents que cet arnaqueur l'avait obligée à avoir des rapports sexuels avec lui.

« Alika ! Alika !! » criait Papa.

J'étais au rez-de-chaussée en train de jouer avec mes voisins lorsque j'entendis le son de sa voix, teintée d'énervement et de colère. Je me demandai quelle bêtise j'avais bien pu faire et commençai à réfléchir à ma défense. Je le rejoignis avec empressement dans notre salon. Là, se tenaient aussi ma mère, l'employée de la maison et un oncle. Mon père prit la parole :

« Alika, j'ai des questions à te poser et je veux que tu me dises la vérité ! dit-il d'un ton effrayant.

– D'accord Papa.

– Est-ce que Tonton Tchor t'a fait quelque chose de bizarre ou de déplacé pendant qu'il était à la maison ? Est-ce qu'il t'a touché le corps ou s'est mal comporté avec toi ? »

En entendant ces phrases sortir de la bouche de mon père, je pris quelques secondes pour réaliser ce qui se passait. J'eus une envie si forte de raconter à Papa ce que cet homme m'avait fait. Je voulus tout dire, extérioriser ma peine. Je voulus pleurer dans les bras de Maman et expliquer comment j'avais souffert de cette infection. Mais je n'y parvins pas; aucun son ne sortit de ma bouche. Papa venait de me poser ces questions sur un ton si dur ! Habituellement, ce ton précédait toujours une correction de sa part et il n'y allait pas de main morte. Je connaissais désormais mon père colérique, impulsif et violent. Je craignis donc qu'il me reproche de n'avoir rien dit plus tôt, de ne pas avoir résisté à Tonton Tchor; et qu'il me batte à mort. Je refusai d'entendre que c'était ma faute. Je refusai toute remontrance. Alors que ma bouche restait muette, un combat se livrait à l'intérieur de moi et je redoutais ce que serait ma vie si je disais la vérité. Je me résolus donc à ne rien avouer.

« Non, Papa.

– Tu es sûre qu'il ne t'a rien fait ? Il ne t'a jamais fait quoi que ce soit de mal ?

– Non, Papa, jamais. »

J'avais 12 ans. Je voulais grandir et tout effacer, pensant qu'en me forçant à oublier, j'irais bien. Or, je ne faisais que refouler la douleur et le traumatisme engendrés par ces événements obscurs. Les problèmes financiers des parents persistaient, ce qui ternit de plus en plus leur relation. Les disputes et les larmes devinrent quotidiennes à la maison. Nous ne mangions plus en famille comme avant. Maman reprochait à

Papa d'avoir donné le pouvoir à Tonton Tchor dans la maison. Papa, de son côté, avait cet ego masculin qui prenait le dessus et retournait chaque fois la situation contre Maman.

« Les bonnes femmes sont une aide pour leur mari. Si je suis allé chercher l'aide dehors, c'est parce que tu n'en es pas une vraie.

— Je suis une fausse femme et c'est bien pour cela que tu m'as mariée ?!

— Je ne te connaissais pas bien. Maintenant, je te découvre. »

Ces paroles blessantes, Maman les entendait régulièrement. Ama et moi la retrouvions souvent avec les yeux rouges, mais elle prétextait avoir mal aux yeux. Je comprenais sa souffrance. Des mois passèrent et la situation empira, jusqu'au drame.

Il était 18 h 30, Inaya, Ama et moi étions assises sur mon lit en train de rêvasser. Maman entra avec nos trois autres frères et sœurs.

« Asseyez-vous là, dit-elle en pointant le sol. Je dois vous parler… Elle laissa passer quelques secondes et continua. Les enfants, vous savez que depuis quelque temps ce n'est pas facile avec votre Papa. Nous avions prévu de vous parler ensemble, mais bon… il n'a pas pu être là. Nous nous rendons compte que nous ne pouvons pas continuer à vous faire vivre dans cette atmosphère. Donc, pendant quelque temps, nous allons malheureusement devoir nous séparer.

— Ça veut dire quoi « Nous allons devoir nous séparer » ? C'est qui *nous* ? » l'interrompis-je.

Maman expira fort avant de répondre.

« Écoutez ! Ce n'est pas facile à expliquer. Votre père et moi avons décidé de nous séparer.

– Quoi ?? Mais Maman ! Ça veut dire quoi ? demanda Sadie.

– Vous n'allez plus habiter ensemble ? Nous on va aller où ? s'inquiéta Henri.

– Non, nous n'allons plus habiter ensemble », reprit Maman.

Tout à coup, Sadie se mit à pleurer, suppliant Maman de changer d'avis. Ama et Inaya la suivirent. Quant à moi, j'essayais d'imaginer ce que serait la suite. Allions-nous devoir nous séparer de mes frères et moi ? J'assimilais difficilement la nouvelle.

Je me demandai si ce Tonton sorcier n'était pas à l'origine des problèmes conjugaux de mes parents. Nous étions auparavant une famille soudée, joviale, proche les uns des autres. Il avait fallu cet étranger pour que notre foyer s'écroule comme un château de sable. J'étais très jeune, mais je comprenais dès lors une chose assez importante : il faut savoir qui accueillir chez soi et à qui donner accès à son intimité. Notre maison était notre intimité et la mauvaise personne y avait eu accès. Maintenant, nous devions en payer le prix fort.

« Je crois que votre père est en train d'arriver. Essuyez vite vos larmes, dit Maman en chuchotant. Levez-vous et allons au salon ! »

<u>VITA</u>

« La fausseté et l'hypocrisie sont le produit de la bassesse et les fruits naturels du despotisme. »

Jean-Baptiste-A. Suard

Un lundi matin du mois de février, avant mon départ pour le lycée, je me fis traiter d'incapable et d'idiote par tante Abeni à cause d'une note de neuf sur vingt obtenue en histoire-géographie. Selon elle, je ne serais jamais rien dans la vie. En outre, je fus blâmée une fois de plus pour ne pas avoir rangé ses affaires qui traînaient. Ce malaise à la maison me fit ressentir davantage l'absence de mon père et de ma sœur.

J'arrivai au lycée avec les yeux rouges, et le froid hivernal n'arrangea pas mon moral. Tout le monde me demandait ce qui se passait. Mes camarades de classe n'étaient pas dupes et savaient que mes yeux rouges n'étaient pas l'effet d'un grain de sable. Il y avait bien plus, bien pire. Je décidai de ne pas parler, de peur de m'attirer des ennuis avec la famille. Le cours venait de commencer et je n'avais pas de livre. Non, je ne l'avais pas oublié. Je ne l'avais juste jamais acheté, car j'étais terrifiée à l'idée de me tenir devant mon oncle et ma tante et de leur demander de l'argent pour mes fournitures. J'avais le strict minimum : des feuilles, quelques classeurs, et des stylos. Le reste était des emprunts de la bibliothèque. Je n'arrivais pas non plus à emprunter quoi que ce soit à Daisy, qui m'avait froidement fait remarquer que sa maison n'était pas la mienne.

J'assistais aux cours quotidiennement, mais sans réelle concentration. Je pensais à Papa, à Ashanti, à Maman. Je voulais m'enfuir, mais j'avais peur. Il m'était difficile d'admettre que je ne verrais plus jamais Maman. Papa essayait de m'appeler deux à trois fois par semaine. Par moment, je manquais ses appels, mais mes hôtes ne m'en informaient pas. Je racontais toujours à mon père que tout allait bien lorsqu'il m'appelait, car je ne pouvais lui ouvrir mon cœur en présence de tante Abeni ou de son mari. J'intériorisais et j'étouffais au-dedans de moi. Dès lors, j'avais commencé à me refermer sur moi-même.

Fin des cours, fin de la journée. Je n'avais aucune envie de rentrer. Je ne savais pas quelle autre insulte m'attendait à la maison. Toutefois, je n'avais pas d'autres choix. À mon arrivée, je trouvai Laura assise au salon. Un sentiment de joie que je m'efforçais à contenir m'envahit. La présence d'oncle Laurent et de tante Abeni m'indisposait. Une bise à Laura suffit à lui souhaiter la bienvenue.

« Vee, ça a été, les cours ? » demanda ma tante.

J'avais l'impression de rêver : Tante Abeni me demandait comment s'était passée ma journée. Était-ce un semblant d'intérêt ? Ou le commencement d'une meilleure relation ? Qu'était-il arrivé entre le début et la fin de la journée ?

« Oui très bien, Tata, répondis-je poliment.

— Ah, c'est parfait ! Change-toi et viens, nous allons manger. Nous t'attendons. »

L'attitude de ma tante me rendit un peu confuse, mais je finis par me dire que la présence de Laura était source d'ondes positives. Dix minutes suffirent pour me débarbouiller et changer de vêtements. De retour au salon, je choisis de m'asseoir à côté de Laura.

– Non Vee, mets-toi plutôt ici, à côté de moi, dit tante Abeni en tirant la chaise.

Pourquoi cette attention si soudaine à mon égard ? Me tenir près d'elle déclencha en moi une angoisse. Toutefois, je m'exécutai sans rechigner.

Ce soir-là, nous avions dîné dans la joie et la bonne humeur. Bien que je me posais des questions sur cette étrange gentillesse de tante Abeni à mon égard, je choisis de simplement profiter du moment présent. J'écoutais Daisy avec étonnement, elle qui, bien souvent, me saluait à peine, raconter sa journée en m'incluant dans la conversation. Une fois le dîner terminé, Laura s'en alla et nous regagnâmes nos chambres. J'espérais que ce n'était pas un rêve. Et si c'en était un, je ne voulais pas me réveiller. Cependant, la réalité allait vite me rattraper.

<u>ALIKA</u>

« Pères, n'irritez pas vos enfants, de peur qu'ils ne se découragent. »

Paul de Tarse

Mes petits frères, assis par terre, se levèrent et se mirent à marcher avec nonchalance. Quant à moi, un sentiment de colère et d'impuissance m'envahit. Je n'avais pas pu me protéger contre cet arnaqueur indésirable et, à présent, j'étais incapable d'empêcher la séparation de mes parents. Je ressentais également de la colère envers ces derniers, car je me demandais s'ils avaient perdu le sens de la responsabilité.

« Pourquoi vous pleurez ? demanda Papa en posant son sac de courses sur la table. »

Sa question amplifia les larmes d'Henri.

« Tu peux venir t'asseoir avec nous, s'il te plaît ? demanda Maman à son époux.

— Donc maintenant, tu veux aussi contrôler mes pas. »

Je trouvais de plus en plus injuste la manière dont Papa traitait Maman. Et, même si j'étais en colère, je n'avais pas suffisamment de cran pour lui répondre. De toute façon, je me retrouverais certainement dans un tombeau, si j'osais.

Papa déposa une bouteille de Djino sur la table basse, puis s'asseyant sur le fameux pouf vert, il reprit.

« Je suppose que tu leur as donc dit. »

Il tourna le regard vers nous et poursuivit :

« OK les enfants ! Votre mère et moi avons pris la décision de nous séparer. Et, bien évidemment, Inaya et Malia resteront avec moi et vous autres irez avec votre mère.

— Mais non Papa ! Je ne veux pas quitter Maman ! » cria Inaya.

Mes larmes se mirent à couler et je ne pus les retenir. Les petits pleuraient aussi et je voyais Malia serrer Maman dans ses bras.

« Malheureusement, ce sont des choses qui arrivent. »

Étais-je trop sensible ou le désintérêt de Papa était bien réel ? La peur qu'on avait nourrie semblait si forte qu'aucun de nous n'osa s'interposer. Nos regards se tournèrent vers Maman qui se retenait de pleurer.

« Maman, où vas-tu aller ? » demanda Inaya.

Essuyant les larmes qui coulaient sur son visage, Maman embrassa Inaya sur le front. Elle tenait Malia dans ses bras et Sadie par la main.

« Votre mère va aller en France avec vous quatre, dit Papa en pointant les quatre enfants génétiques de Maman, dont moi.

— Je peux aller faire pipi ? l'interrompis-je.

— Oui, vas-y », répondit Maman.

Je me précipitai dans les toilettes et m'enfermai pour pleurer. Je ne pouvais croire que l'on me séparait de mes sœurs. Non, c'était impossible. J'élevai alors cette prière : « Seigneur, Tu es le Dieu de la famille ! Je le sais parce que la voisine du rez-de-chaussée me l'a dit un jour. Et comme elle est pasteure, je sais qu'elle ne ment pas ! Seigneur, je t'en supplie, fais quelque chose ! Je me fous de la France, je ne veux pas partir loin de mes sœurs et de mon père. »

Les larmes ruisselèrent sur mon visage sans que je ne puisse les arrêter. Je finis par m'endormir dans les toilettes et fus réveillée par Henri qui avait besoin d'y entrer.

« Ça fait une heure que tu y es !

— Excuse-moi, vas-y. »

Je retournai au salon et trouvai Maman assise là, à la table à manger, pensive. Je tirai la chaise et m'installai près d'elle.

« Il n'y a pas un autre moyen d'arranger les choses, Maman ? »

Elle resta silencieuse et ne répondit pas. Fatiguée, je la laissai et j'allai dormir. *« Certainement qu'en me réveillant demain, leur décision aura changé »*, me dis-je, en essayant de me convaincre.

Durant la nuit, mes frères et moi fûmes réveillés par des cris. Une dispute venait d'éclater et je trouvais bizarre qu'il y ait d'autres voix que celles de nos parents dans cette affaire. Je décidai donc de descendre de mon lit pour aller guetter.

Dans le couloir, je vis que la lumière provenait du salon. Je m'avançai doucement afin de ne faire aucun bruit. Penchant la tête sur le côté pour mieux voir quelles étaient ces tierces personnes, j'aperçus deux femmes de dos. La première qui se trouvait face à Maman était de forte corpulence. Elle portait un ensemble vert de tissu-pagne avec un foulard de même couleur sur la tête. La deuxième était un peu plus mince et vêtue d'une longue robe noire, dessinant son corps sans réelles formes. Toutes les deux hurlaient sur Maman. Je clignai des yeux et les frottai pour mieux discerner les visages. C'étaient mamie Ina et tante Efia ! Ma grand-mère paternelle et sa fille ! Il me fallut peu de temps pour comprendre que cette histoire ne sentait pas bon.

« Donc tu as décidé de quitter mon fils et tu crois que tu vas partir avec mes petits-enfants ? Tu devras me monter dessus, MADAME ! criait mamie Ina.

– Non, mais Maman, laisse-la ! Elle a même été incapable de faire des enfants à mon frère ! Elle lui a imposé ses quatre mioches.

– Sache bien une chose ! Je n'ai jamais accepté votre mariage ! reprit mamie Ina. Si mon fils ne m'avait pas suppliée, tu ne te serais jamais installée dans cette maison. Donc tu es venue là, tu as cru que tu allais remplacer la Maman d'Inaya et Malia, n'est-ce pas ? Tu n'es qu'une étrangère ayant servi de baby-sitter durant tout ce temps, madame ! D'ailleurs, nous avons déjà trouvé celle qui va épouser mon fils !

– Je me demande même ce qu'elle fait encore dans cette maison ! *Tsuips* [4]. Elle n'a pas dit qu'elle allait en France ? » renchérit tante Efia en se moquant de Maman.

Maman était là, tête baissée et silencieuse. Elle ne répondait à aucune de leurs provocations. Pour ma part, j'avais l'impression d'assister à la rediffusion d'un film de Nollywood.

---

4   Ou encore « Tchip », est un son émis pour exprimer soit du mépris, soit de la désapprobation.

VITA

« Le vrai caractère d'une société est révélé dans la façon dont elle traite ses enfants. »

Nelson Mandela

Cela faisait déjà quelques mois qu'oncle Laurent et ma tante se chicanaient régulièrement et violemment. Ce soir-là, une violente dispute éclata entre les deux, à un point tel que j'entendis des objets se casser. La peur commença à m'envahir, surtout à un moment précis, lorsque j'entendis mon nom.

« Vee, appelle la police ! Appelle la police ! » criait ma tante.

– Vita si tu essaies de toucher au téléphone, tu sauras de quel bois je me chauffe ! » menaça mon oncle Laurent.

« Je vais te tuer ! » entendis-je encore sortir de sa bouche. Mes yeux s'écarquillèrent. *Seigneur, qu'est-ce que je fais dans cette maison ? Que faire ? J'ai peur, Seigneur !* Qu'avait fait tante Abeni pour qu'il soit aussi violent dans ses propos ? Je courus vers la porte de ma chambre pour la verrouiller et pris mon téléphone pour envoyer un message à Laura : *Urgence !* Malheureusement pour moi, mon téléphone n'était pas en mode silencieux. L'accusé de réception le fit sonner. Dix secondes plus tard, c'était la porte de ma chambre qui recevait des coups d'oncle Laurent :

« Ouvre-moi cette chambre tout de suite ! »

Je m'exécutai, tremblante de panique. Le doigt pointé sur mon nez, il me demanda qui pouvait bien m'appeler à cette heure.

« Donne-moi ce téléphone ! » cria-t-il en l'arrachant de mes mains.

Il vit que j'avais envoyé un message à Laura et me gifla en insistant sur le fait que j'étais désormais privée de toute sortie, même pour aller à l'école. Il confisqua bien évidemment mon téléphone et promit de couper mon forfait téléphonique.

Rapidement, mes larmes commencèrent à couler. À ma grande surprise, ma tante qui m'appelait quelques minutes auparavant n'intervint même pas. « Pourquoi pleures-tu ? » dit-il de son ton menaçant, en me giflant de nouveau. Dans son élan de colère, il me poussa avec force, et je perdis l'équilibre. En tombant, ma tête cogna le bord du lit. Je perdis connaissance et me réveillai sur un lit d'hôpital.

« Mademoiselle Dumarchal ? Vous m'entendez ? Mademoiselle Dumarchal ? » demandait une voix inconnue.

Dumarchal était le nom de famille de Tonton Laurent. Je portais son nom, car il m'avait reconnue comme son enfant afin que je puisse vivre légalement chez eux.

« Où suis-je ? questionnai-je en essayant d'ouvrir mes yeux.

« Je suis le Docteur Lieds. Vous êtes à la Clinique de la Bienfaisance de Bordeaux. Vous avez été admise ici à la suite d'une perte de connaissance. »

Monsieur Lieds était un grand homme de race caucasienne, avoisinant la cinquantaine avec des yeux bridés. Il était vêtu de sa blouse blanche.

« J'ai sacrément mal à la tête. C'est grave ? Je ne vais pas mourir ?

— Non, mademoiselle Dumarchal. Vous n'allez pas mourir, mais je suis bien content que vous vous soyez réveillée.

— Je suis seule ici ?

— Oui, vous n'avez pas encore reçu de visite pour le moment. »

Il commença à m'ausculter afin de voir si je n'avais pas d'autres symptômes qui pourraient être alarmants. À la fin, il donna un diagnostic plutôt positif et m'indiqua que j'avais échappé miraculeusement à une hémorragie cérébrale. Il s'assura de vérifier que je n'avais aucun symptôme alarmant et conclut par un diagnostic positif.

« Mais comment suis-je arrivée ici ?

— Nous avons reçu un appel d'urgence. Apparemment, vos parents avaient besoin de vous, ils vous appelaient avec insistance et, sans réponse, ils sont allés dans votre chambre et vous ont trouvée inconsciente sur votre lit. Ensuite, ils ont appelé les pompiers qui se sont chargés de vous emmener chez nous. Dites-moi, vous souvenez-vous de ce qui s'est réellement passé ? Car lorsque nous vous avons examiné, nous avons découvert une blessure très fraîche au niveau de votre crâne. Et ça concorde difficilement avec ce que vos parents nous ont raconté.

— Qu'est-ce qu'ils vous ont dit ? demandai-je en essayant de me redresser sur le lit.

— Ce que je vous ai raconté précédemment. Ils vous ont trouvée inconsciente dans votre lit.

– Hum… Mouais. Ça doit donc être ça, s'ils le disent.

– Votre réponse ne semble pas confirmer leur version, dit-il en se mettant en face de moi, carnet en main, comme prêt à relever mes confidences.

– Ce qui est sûr, c'est que je ne me suis pas évanouie pour rien.

– Vous souvenez-vous de quelque chose ? demanda-t-il à nouveau.

– Comment ne pas m'en souvenir ?

– Nous avons là un deuxième miracle. Après quelques minutes de silence, il reprit son allocution. « Nous avons relevé une commotion cérébrale au niveau de votre cerveau qui prouve que vous n'avez pas perdu connaissance en étant gentiment allongée dans votre lit. À vrai dire, vu le choc, vous auriez pu avoir une hémorragie cérébrale. »

Il s'avança vers moi et, prenant place au bord du lit sur ma gauche, demanda :

« Qu'est-ce qui s'est passé, Vita ? Votre expression faciale vous trahit. J'ai une fille de votre âge, et j'ai appris à savoir quand elle cache des choses.

– Je n'ai pas envie d'en parler, répondis-je poliment.

– D'accord, c'est votre droit. »

En se levant du lit, il m'expliqua que j'aurais besoin de repos et insista sur l'obligation de ne pas porter de poids lourds ni de trop réfléchir. Vu le miracle de mon diagnostic, son mot d'ordre était : repos. Il me prescrivit des médicaments pour mes maux de tête et m'indiqua que je pouvais sortir le lendemain.

« Si vous souhaitez contacter vos parents pour qu'ils viennent vous chercher demain, il y a un téléphone dans la salle de repos au fond du couloir », m'informa-t-il en sortant.

Un coup d'œil vers la fenêtre et je vis qu'il faisait encore jour. Je n'avais pas mon téléphone portable avec moi, alors pour communiquer avec l'extérieur, je devais me rendre dans la salle au fond du couloir. Le seul numéro que je connaissais par cœur était celui de Papa et je ne pouvais appeler le Cameroun à partir de ce téléphone. Je décidai donc de rester dans mon lit et de méditer. Je repensai à Papa, Maman, et Ashanti. Ils me manquaient. En me remémorant les souvenirs de notre famille, mes larmes se mirent à couler. Je me questionnais sur la raison de ma présence ici et sur celle de mon départ loin de mon père et ma sœur. Seule dans cette chambre d'hôpital, je me sentais abandonnée. Sans savoir pourquoi, j'espérais qu'oncle Laurent et tante Abeni soient plus aimables avec moi, du fait de ce qui m'était arrivé. J'essayais de croire qu'ils viendraient me voir avant la tombée de la nuit.

Trois heures s'écoulèrent après la visite du docteur. L'horloge affichait déjà 19 h. Les visites s'arrêtaient dans trente minutes et je n'avais toujours pas vu personne, même pas Daisy. Je ne sus contenir ma désolation. Je n'aimais pas ma vie, je n'aimais pas cette vie. « Je veux rentrer chez moi au Cameroun », murmurai-je en sanglots.

Monsieur Lieds entra subitement dans la chambre pour me dire au revoir et me souhaiter un bon rétablissement. Il me vit pleurer et ne put s'empêcher de me demander ce qui se passait.

« Mes oncles étaient en train de se disputer. Ma tante criait mon nom en appelant à l'aide. J'ai ensuite envoyé un message à ma cousine pour lui dire qu'il y avait une dispute et violence conjugale à la maison. Mais mon téléphone n'était pas sur silencieux. Mon oncle a entendu le bruit de l'accusé de réception. Il est venu dans ma chambre, m'a frappée et poussée, et c'est là que je suis tombée.

– Il faut absolument prévenir les services sociaux.

– Non, monsieur !! Je vous en supplie ! Ne faites pas ça. Je vous en prie. Je ne veux pas avoir de problèmes avec ma famille. S'il vous plaît, promettez-moi que vous ne direz rien », suppliai-je en pleurant.

Je n'étais pas prête à assumer les conséquences d'un tel aveu. Je voulais la paix avec oncle et tante.

« Est-ce récurrent les disputes et violences conjugales à la maison ? demanda posément monsieur Lieds.

– Non, monsieur. Depuis que j'y suis, c'est la seule fois. »

Je me sentais obligée de mentir pour éviter les problèmes, mais la vérité était que j'avais déjà vu oncle Laurent gifler ma tante, se bagarrer avec elle ou crier sur elle. Elle tentait tant bien que mal de se défendre en l'insultant ou en esquivant les gifles qu'il voulait lui donner. Monsieur Lieds reprit :

« D'accord. Mais s'il y a des violences qui sont faites sur vous Vita, vous devez savoir que vous pouvez porter plainte. L'État a la capacité de prendre en charge des personnes comme vous, surtout que vous êtes mineure. »

Il me souhaita une bonne nuit et s'en alla. Afin de ne pas trop réfléchir, je décidai de prier et de m'endormir aussitôt. Le lendemain, après les derniers examens de vérification, je vis Laura entrer dans ma chambre. Quelle surprise ! Sa présence me réchauffa le cœur et je fus heureuse de la revoir. Elle m'expliqua que cela faisait plusieurs heures qu'elle tentait de me joindre et elle savait que je n'avais pas pour habitude de rester si longtemps sans lui répondre. Elle avait alors contacté tante Abeni qui lui a indiqué que j'étais à la clinique Bienfaisance, en marmonnant un simple « Ah, elle ne se sentait pas bien, donc les pompiers l'ont emmenée ».

Je compris que Tante Abeni ne prévoyait aucunement de venir me chercher à la clinique pour me ramener à la maison. Laura me parla du message d'urgence que je lui avais envoyé avant de me retrouver à la clinique. Elle ne le vit que le matin de ma sortie de l'hôpital, car elle avait oublié son téléphone au travail. Sur le chemin du retour, je ne faisais que pleurer. Je n'avais aucune envie de retrouver cette ambiance macabre. Laura essayait tant bien que mal de me consoler en répétant cette fameuse phrase : « *Après la tempête vient le beau temps ! Après les larmes viennent les éclats de joie !* » Elle en fit même une chanson et parvint à me faire sourire.

ALIKA

« Si quelqu'un n'a pas soin des siens, et principalement de ceux de sa famille, Il a renié la foi, et il est pire qu'un infidèle. »

Paul de Tarse

Mamie Ina reprit de son ton dédaigneux :

« En plus je te parle depuis là et tu baisses ta tête !

C'est quelle personne insolente ça ! » Maman releva la tête d'un coup.

« Ahh mouf [5] ! Baisse-moi ta tête là ! Tu veux lever les yeux sur qui ?

— Maman, je me demande comment ton fils a fait pour supporter le spécimen-ci ! Elle a même les orteils tordus, renchérit tante Efia.

— Oui, ils sont tordus comme son esprit ! » dit tante Efia.

---

5   Ou encore prononcé « maf », « mof, » signifie « dégage » ou « va-t'en ! »

Puis en s'adressant à Maman, elle ajouta :

« Hé madame ! Hé madame ! Je te parle ! Tu quittes la maison de mon frère quand ? Parce que ma belle-sœur chérie doit venir s'installer.

— Portez-moi et jetez mon corps dehors si vous pouvez ! »

Tante Efia et mamie Ina écarquillèrent les yeux, se retournant l'une vers l'autre. Puis mamie Ina se mit à crier :

« Hééhéé ! C'est à moi et à ma fille que tu oses dire ça ? »

Soudain, j'entendis une voix ressemblant à celle de Papa :

« Ma mère te demande quand est-ce que tu quittes chez moi et qu'est-ce que tu oses lui répondre ?

— J'ai dit qu'elles me portent donc et me jettent dehors ! Comme c'est ta maison et c'est toi qui paies le loyer ici depuis plusieurs mois ! »

Maman était ironique et sarcastique dans sa réponse, car depuis quelques mois, c'était elle qui subvenait à tous les besoins de la maison. J'étais choquée de voir que Papa était présent dans l'ombre tout ce temps, écoutant sa famille insulter Maman sans la défendre. Cette dernière lui avait pourtant toujours été soumise, et avait fait tant de sacrifices pour rattraper ses mauvais choix. Et c'est comme ça qu'il osait la traiter ?

Tante Efia s'approcha de Maman :

« Moi je vais vraiment te porter et te jeter dehors.

Continue à nous tenter !

— Jette-moi dehors, alors ! » répliqua Maman en la fixant dans les yeux.

– Tout à coup, je vis tante Efia attraper le bras de Maman.

– « Efia ! Lâche-moi sinon je vais te faire mal !

– C'est ma fille que tu menaces ? Baako ! Tu vois ce que cette étrangère dit à ta sœur ? dit mamie Ina en se tenant la tête et en tournant sur elle-même.

– Tu parles comme ça à qui ? C'est à ma famille que tu t'adresses sur ce ton ? Tu vas prendre tes affaires et dégager d'ici tout de suite », menaça Papa soutenu par mamie Ina et tante Efia.

« C'est comme ça que tu m'humilies devant ta famille, Baako ? demanda Maman d'une voix sereine et calme.

– Tu n'as pas entendu ce qu'il vient de dire ? Dégage ! »

Puis, se tournant vers Papa avec un grand sourire, mamie Ina poursuivit :

« Baako ! Elle arrive demain ! Au moins avec elle, tu auras la paix. Elle va prendre soin de toi, des enfants, et t'en donnera même d'autres. Hein, mon fils ?

– Je ne partirai nulle part sans mes enfants. Vous devrez me tuer pour me les arracher, dit Maman.

– Ah, mais ça ne sera pas très difficile, tu sais.

– Arrête de dire des bêtises, Efia. Puis, se tournant vers Maman, il dit : « Tu peux prendre tes quatre enfants. Tu laisses mes enfants. »

– Tu ne prendras personne ! Je dis bien : personne ! s'écria mamie Ina, pointant son index sur le visage de Maman. Je te promets que si tu oses les toucher pour les emmener quelque part, nos ancêtres te pourchasseront jusque dans le séjour des morts.

– On arrête les menaces, s'il vous plaît ! En tout cas, fais ce que ma mère te dit de faire. Tu t'en vas, et seule.

– J'espère que tu as déjà prévu ce que tu diras à TES enfants, car heureusement je ne suis pas la seule à être témoin de cette scène ! » répondit Maman en tournant son regard dans ma direction.

Instinctivement, je me retournai aussi pour voir qui d'autre était dans le couloir. Je vis que mes petits frères n'étaient pas loin. On pouvait apercevoir l'ombre de tous ces petits corps sur le mur. Quelques secondes plus tard, nous avions déserté pour nous réfugier sous nos couettes.

Je ne trouvais pas le sommeil. J'essayais d'écouter ce qui se passait au salon. *Pourquoi mamie et tante Efia sont-elles si méchantes avec Maman ? Pourquoi disent-elles que quelqu'un d'autre arrive ? Pourquoi Papa parle de nous comme si nous n'étions pas ses enfants ?* Toutes ces questions hantaient mon esprit et résonnèrent davantage lorsque le silence envahit la maison. Je conclus que mamie Ina et tante Efia n'étaient plus là. La maison avait retrouvé son calme. Je finis par m'endormir une trentaine de minutes plus tard.

Le lendemain arriva et un nouveau rebondissement se produisit.

« Alika ! Réveille-toi ! Il y a une dame dans la cuisine ! dit Ama.

– Quelle dame ? demandai-je en me frottant les yeux.

– Je ne sais pas, mais je t'assure qu'il y a une dame dans notre maison.

Alors qu'Ama me parlait, quelqu'un frappa à la porte de notre chambre.

– C'est qui ? »

La porte s'ouvrit et je vis apparaître la silhouette d'une jeune femme, dans la trentaine, assez foncée de peau.

« Bonjour mes enfants. Je suis Maman Adjowa. Je nous ai préparé le petit-déjeuner. Votre Papa nous attend à table. Dépêchez-vous de vous lever et de nous rejoindre. Elle s'adressa à nous en ces termes, puis referma la porte.

– Les filles, savez-vous qui est cette dame ? demanda Inaya.

– Attendez…, dis-je. Je crois savoir… »

Le souvenir de la conversation d'hier me revenait. Je me souvins que mamie Ina et tante Efia disaient avoir trouvé une femme pour Papa. J'espérais vraiment qu'il s'agissait d'un poisson d'avril.

VITA

« La jalousie d'autrui a, du moins, cet avantage parfois de nous faire découvrir notre propre bonheur. »

Charles Régismanset

C'était l'année du baccalauréat. Deux ans s'étaient écoulés depuis mon séjour à l'hôpital. Rien n'avait changé; l'ambiance était toujours la même à la maison. Je parvins toutefois à réussir mon examen avec une belle mention, mais Daisy échoua. Je vis très vite que cela ne plaisait pas à ses parents.

Le jour des résultats, je rentrai toute contente pour annoncer la nouvelle. Quand j'arrivai à la maison, je sentis qu'un silence froid remplissait la pièce. J'entendais quelqu'un pleurer et je compris que Daisy était rentrée avant moi. Je m'avançai vers Tante Abeni pour lui donner mon livret scolaire en lui disant que j'avais réussi avec mention bien. La seule réplique que j'eus d'elle en retour fut « *C'est bien ! En espérant que tu n'aies pas triché pour réussir.* »

Cette phrase me blessa. Oncle Laurent était là, mais accordait plus d'importance à son match de football qu'à mes résultats. Je montai donc dans ma chambre en traînant des pieds. Assise sur mon lit, j'attendais le coup de fil de Papa. Impatiente d'entendre sa voix et celle d'Ashanti, je me mis à pleurer. Je me sentais seule et triste de ne pas pouvoir fêter cet événement avec ceux que j'aimais.

Cinq minutes plus tard, mon téléphone sonna. C'était Papa. Je lui annonçai la nouvelle, et entendis des cris et des « *Merci Seigneur* » retentir au travers du téléphone. La joie de mon père et de ma petite sœur fut à cet instant une bouffée d'oxygène pour moi. Malheureusement, je ne pouvais crier ni parler fort, mais ils comprirent rapidement la raison de mon silence. Papa m'encouragea à rester brave et à garder mon cœur de toute amertume. Il me disait souvent « *On ne combat pas la méchanceté avec la rancœur. Il n'y a que l'amour et le pardon qui ont le pouvoir de changer les cœurs et les situations.* » Alors, je faisais de ce conseil ma prière quotidienne. Je ne voulais garder ni l'amertume ni l'offense dans mon cœur contre mon oncle, ma tante et Daisy. Papa nous avait appris que le pardon était d'abord pour nous-mêmes, pour notre bien-être mental. Ensuite, ce pardon avait le pouvoir de changer les vies des personnes qui nous maltraitaient. Et surtout, pardonner honorait Dieu.

Cette journée fut finalement comme tous les autres jours à la maison. Dans la soirée, je reçus un coup de fil de Laura qui m'invita au restaurant en guise de cadeau pour mon examen. Je déclinai, au risque d'avoir des ennuis avec mes oncles. Bien qu'elle insistait, en m'assurant qu'elle s'occuperait de cela avec tante Abeni, je refusai. J'étais fatiguée d'entendre des propos désagréables à mon sujet.

Je passai tout mon été à la maison entre les tâches ménagères, la prière et quelques fois la télé quand je me retrouvais seule à la maison. Les dimanches, j'allais à l'église protestante de la ville. C'est celle que je fréquentais depuis mon arrivée, parce que c'est là que toute la famille allait, sauf Daisy qui semblait totalement désintéressée.

La rentrée universitaire approchait, je désirais faire une école de commerce, mais tante Abeni m'avertit que ce n'était pas de mon niveau et qu'ils ne paieraient jamais une somme de six mille euros uniquement pour mes études. Elle disait que de toute façon je finirais par être ingrate. J'optai donc pour la faculté. Je m'efforçais d'être reconnaissante, ayant conscience que plusieurs jeunes n'avaient pas la possibilité d'aller à l'école comme moi. Je choisis de faire une double licence en langues étrangères appliquées et communication qui n'était pas facile du tout. Je savais que ce serait le cas, mais je passerais moins de temps à la maison.

Entre-temps, oncle Laurent et tante Abeni décidèrent d'envoyer Daisy aux États-Unis pour finir son cursus secondaire. Elle y resterait pendant six ans, jusqu'à l'obtention de son master. Il n'était pas donné à tout le monde d'aller effectuer ses études sur le continent américain. Je supposais que c'était la manière pour ses parents de couvrir la honte de leur fille. Daisy m'informa de son voyage une semaine seulement avant son départ, et je ne pus que me réjouir pour elle.

De mon côté, plus que décidée à faire la fierté de mes parents et de ma petite sœur, je souhaitais devenir journaliste. Je rêvais de créer une plateforme de télévision comme celle d'Oprah Winfrey. Une plateforme qui serait un espace de confidences, de guérisons, d'encouragements, de conseils, et de réconciliation.

Les jours filèrent comme des secondes. Le mois d'octobre arriva et la rentrée aussi. C'est Laura qui m'accompagna à cette université où je passerais mes trois prochaines années. Je portais un jean noir et une chemise verte. Par-dessus, j'avais enfilé une veste en cuir et noué un foulard noir autour de mon cou. Laura m'avait offert les fameux sneakers AirMax que j'avais aux pieds. Sur mon dos, je portais ce sac trop petit pour contenir mon classeur. Je le tenais donc dans ma main. J'arrivai dans l'amphithéâtre qui devait rassembler près de deux cents personnes. Cet environnement était totalement différent de ce que j'avais connu. J'allai m'asseoir au premier rang, à côté d'une jeune fille noire. Elle aussi portait une veste en cuir et des AirMax. Nous nous saluâmes. Je me présentai à elle en complimentant sa coiffure; elle avait fait des nattes collées en forme de chignon. Elle m'informa à son tour de son prénom, Aminata, et de son origine sénégalaise. Nous échangeâmes pendant dix minutes, jusqu'à ce qu'une femme ç brune aux cheveux courts, et d'une corpulence imposante fasse son entrée dans la salle.

« Bonjour à tous et bienvenue en première année de langues étrangères appliquées. Je suis madame Roger et je serai votre professeur référent tout au long de cette année. »

Nous passâmes toute la matinée avec madame Roger, jusqu'à midi. Par la suite, nous étions libres jusqu'au lendemain.

ALIKA

« Vous ne devez jamais avoir peur de ce que vous faites quand vous faites ce qui est juste. »

Rosa Parks

Dix minutes plus tard, toujours en pyjama, nous nous avançâmes vers le salon.

« Oh mes chéris ! Vous m'avez manqué ! » s'exclama mamie Ina en nous prenant dans ses bras.

Je n'avais en fait aucune envie de la voir. Surtout pas après la dispute de la veille.

« Bonjour les enfants ! Comment allez-vous ? » dit Papa.

« Ça va ! répondirent Henri et Malia en chœur.

— Où est Maman ? demandai-je.

— Alika ! reprit mamie Ina. Votre Maman ne vous a-t-elle pas dit qu'elle partirait en France ? Elle est partie hier dans la nuit. Mais ne t'inquiète pas, Maman Adjowa est votre nouvelle Maman. Hein Adjo ?!

— Oui, Alika, mon cœur, je suis là.

— Ce n'est pas elle notre mère ! »

Mamie Ina gifla Henri.

Si je vous dis que c'est votre mère, vous devez l'accepter. Maintenant, asseyez-vous rapidement et mangez ! »

Je vis mon petit frère sombrer dans la tristesse et retenir ses larmes. Ce qui amplifia ma colère. Je commençai à haïr mon père. Comment pouvait-il accepter qu'une inconnue débarque dans notre maison et, en plus, qu'elle prétende être notre mère alors qu'elle ne l'était pas ? À ma grande surprise, Henri fut celui qui tint tête à ce trio. Il ne mangea rien durant ce petit-déjeuner, bouda et ne répondit à personne.

« Tu es une mamie méchante ! Je veux ma vraie mère, murmurait-il.

— Je t'interdis de parler comme ça à ta grand-mère ! Présente-lui tes excuses rapidement », ordonna Papa.

Je décidai d'intervenir pour soutenir Henri.

« Papa, excuse-moi, mais avec tout le respect que je vous dois, peux-tu nous expliquer ce qui se passe ? Vous débarquez avec une inconnue, vous voulez nous faire croire que Maman nous a abandonnés alors qu'hier, tante Efia menaçait Maman de la tuer ? »

Je reçus trois gifles simultanées. Je n'avais pas parlé sur un ton élevé ni déplacé, mais mamie Ina ne supportait pas le fait de ne pas nous voir abdiquer. Car comme ils le disaient si bien, « même si les aînés ont tort, on doit considérer qu'ils ont toujours raison parce qu'ils sont des aînés ». Or, je ne pouvais pas voir une si grande injustice se produire sous mon nez et ne rien dire.

Sadie se mit à pleurer. La nouvelle femme de Papa essaya de la prendre dans ses bras, mais elle refusa en lâchant : « Ne me touche pas ! Tu n'es pas ma mère ».

Ce petit-déjeuner finit en engueulades et en larmes. Ce furent les enfants contre le clan des grands. Nous trouvions ce traitement injuste et Papa beaucoup trop cachottiers à notre égard.

Sept jours s'écoulèrent et nous n'avions toujours aucune nouvelle de Maman. Elle avait disparu comme ça. Je me souvins que tante Efia disait qu'elle pouvait la tuer. J'y pensais et cette affaire commençait à réellement m'angoisser.

Au cours des jours suivants, j'avais une excursion scolaire un vendredi. La nouvelle femme de la maison nous déposa à l'école et devait aussi venir nous chercher le soir. Toutefois, les choses ne se passèrent pas comme prévu. Ce vendredi-là fut le dernier jour où nous vîmes Papa, cette nouvelle femme et mamie Ina.

« Pssst ! Alika ! Alika ! Regarde ici, je suis là ! »

Je reconnus cette voix. Elle était là, derrière ce taxi. Ama, Sadie et Henri étaient aussi à ses côtés. Je courus les rejoindre et tombai dans ses bras.

Cela faisait deux semaines que nous n'avions pas vu notre mère et que mamie Ina nous interdisait de parler d'elle.

« On n'a pas assez de temps ! Dépêchez-vous de monter dans la voiture, nous pressa Maman.

— Maman, tu nous as manqué ! Mamie Ina nous a dit que tu ne nous aimais plus ! dit Ama.

— Non, ce n'est pas vrai ! Maman nous a toujours aimés, on le sait ! corrigea Henri.

— Je donnerais ma vie pour vous, mes enfants.

— On va où ? demanda Ama.

— Maman ne donna pas de réponse, mais afficha juste un petit sourire pour nous rassurer.

— Où sont Inaya et Malia ? l'interrogeai-je à mon tour.

— Est-ce que vous pouvez arrêter de poser des questions, s'il vous plaît ? »

Je voyais Maman très stressée et nerveuse. Elle voulait que le taxi accélère, alors qu'il roulait déjà rapidement. Je craignis qu'on fasse un accident.

Quarante-cinq minutes plus tard, nous aperçûmes l'aéroport. Paris ! Oui, Maman avait dit qu'elle nous emmènerait à Paris avec elle. Je venais de comprendre; elle était venue nous chercher en l'absence de Papa pour qu'il ne l'empêche pas de nous prendre avec elle.

Trois heures plus tard, nous embarquions en destination de Roissy-Charles de Gaulle. Je ne pouvais imaginer l'état de Papa quand il se rendrait compte que nous n'étions plus là.

Le téléphone de Maman sonna et je vis que c'était Papa. L'école avait dû l'alerter de l'absence de mes frères et moi. Au lieu de décrocher, Maman éteignit son téléphone. De toute façon, nous étions sur le point de décoller. Nous nous en allions. Sans Inaya et Malia. Il y a de fortes chances que nous ne verrions plus nos sœurs. Rien que pour ça, j'avais le cœur brisé.

Certes, j'étais contente de retrouver Maman, mais ce départ signait la véritable déchirure familiale de notre foyer.

VITA

> « *L'homme courageux reste enthousiaste,* même dans une situation désespérante. »
>
> Martin Luther King

À la maison, les engueulades reprirent de plus belle. Ma tante et son mari devinrent de véritables ennemis. S'ils ne s'insultaient pas, ils injuriaient les membres de leurs familles respectives. La situation avait réellement empiré depuis le départ de Daisy. Quelques fois, les assiettes volaient dans la maison. Je vis même oncle Laurent tirer les oreilles de tante Abeni comme si elle était son enfant. Tout cela se passait devant moi. J'essayais souvent de joindre Daisy pour en discuter avec elle et prendre de ses nouvelles, mais elle restait plutôt réticente. Je décidai donc de ne plus forcer les choses. D'ailleurs, depuis le début, force est de constater que je n'étais pas la bienvenue dans son environnement.

Papa prenait souvent le soin de m'appeler pour marteler que le mariage n'était pas ce que mes yeux voyaient. Il voulait que je garde les bons souvenirs de son foyer avec Maman, où la paix régnait. « Ma fille, je t'en prie, il ne faut pas avoir peur du mariage. Je sais que voir une femme se faire traiter comme tu le vois dans ton quotidien n'est pas facile, mais souviens-toi que tous les hommes ne sont pas violents. » Voilà la phrase que Papa me répétait chaque fois que je lui racontais un épisode du feuilleton que je vivais en direct à la maison. « *Les hommes sont-ils tous les mêmes ?* » Il m'était impossible de répondre positivement à cette question, car j'avais connu un père aimant avec le sens du sacrifice. Je ne pouvais donc pas douter du fait qu'il existe bien des hommes bons et doux. Papa ne voulait pas que je me retrouve aigrie, traumatisée et déformée à cause de ce dont j'étais témoin au quotidien. Ma situation le préoccupait beaucoup. Il est vrai que l'atmosphère à la maison devenait insoutenable. Je rêvais du jour où je m'en irais. Oncle Laurent et tante Abeni ne me donnaient plus d'argent, ni pour le transport ni pour la cantine. Je ne voulais pas le dire à Laura, car elle avait eu souvent à me donner de l'argent que j'avais épargné. Cependant, les dépenses de transport avaient vite englouti mes économies. Alors, il y eut des jours où je ne mangeais pas à midi. Mes oncles m'avaient interdit de chercher un petit boulot, sous prétexte qu'il y avait déjà assez de travail ménager à la maison, en plus de mes études.

Deux mois s'écoulèrent pendant lesquels je ne mangeais plus à midi. Aminata ne comprenait pas pourquoi je jeûnais aussi longtemps. Je n'étais pourtant pas catholique pour faire le carême, selon elle. Cependant, je ne voulais rien lui dire de ce qui se passait dans ma vie au risque d'avoir des ennuis. Je devins de plus en plus solitaire et très renfermée; ce qu'elle ne supporta pas et s'éloigna de moi.

Les jours suivants, mon oncle et ma tante partirent en voyage aux États-Unis pour deux semaines. J'étais seule à la maison et je pouvais vivre enfin en paix. Je profitais de leur absence pour fouiller et récupérer mon passeport dans leurs affaires. J'en fis des photocopies et j'allai postuler au McDonald. Je ne risquais rien, car le McDonald se trouvait sur la rue de mon université qui, elle, était située très loin de la maison et mes oncles n'étaient pas des consommateurs de *fast-food*.

Quand ma candidature fut retenue, je réaménageai mon emploi du temps scolaire en changeant les horaires de mes modules. Ainsi, je pouvais aller travailler et rentrer aux heures habituelles. Je signai un contrat de dix heures qui me donnait au moins de quoi payer mon transport et ma cantine. Papa m'envoyait ce qu'il pouvait. Il avait perdu son travail depuis un an et peinait à en retrouver. C'est son assurance privée qui lui versait des indemnités durant ce temps.

Deux semaines passèrent et mes oncles rentrèrent de leur voyage. Ils se vantaient de leur séjour en exhibant leurs photos devant la Maison-Blanche et la statue de la Liberté. Ils donnaient l'impression que les États-Unis avaient redonné un nouveau souffle à leur couple.

Un soir, ils invitèrent des amis à dîner et l'impensable se produisit.

« Ah, mais je te connais ! Tu ne travailles pas au McDo sur la rue de l'université ? » lança l'amie d'oncle Laurent.

Paniquée, je voulus nier en balbutiant. Je n'aimais pas mentir et je ne savais pas le faire. Je vis les yeux de tante Abeni se poser sur moi comme si elle était prête à commettre un meurtre.

« Heu non… non… je ne pense pas. C'est peut-être quelqu'un qui me ressemble, balbutiai-je.

— Mais si, je me souviens de toi. Tu t'appelles… heu… heu Vita ! C'est ça, non ? »

À cet instant, j'avais juste envie de me retrouver dans une tombe. Comment me connaissait-elle ?

Tout à coup, en voyant le tatouage sur son bras, une image d'elle me revint en mémoire. Je me souvins alors de ce fameux jour où elle était passée au McDo avec sa petite fille. Elle avait commandé une glace aux noisettes. Or, sa fille y était allergique. Ce jour-là, nous avions cru que la petite allait mourir. J'avais pris l'enfant et la serrais fort dans mes bras en demandant à Jésus de la guérir. Cinq minutes plus tard, tous les symptômes avaient disparu et les pompiers s'étaient déplacés pour rien. Il faut croire que ce fut mon premier miracle ! Ma foi s'en trouva décuplée en tout cas. Papa et Ashanti s'étaient d'ailleurs émus de me voir tant attachée à Dieu.

Mon secret ayant été mis à nu, il fallait que je justifie ma désobéissance auprès de tante Abeni. Cette amie d'oncle Laurentne savait rien de tout cela et ne cessait de chanter mes louanges à table.

Quand le repas fut terminé, j'eus droit à une gifle et des insultes de la part de ma tante : « Peut-être même que tu couches avec les hommes dehors pour avoir l'argent, là ! Je me demande comment tu fais pour avoir de nouveaux habits parce que ce n'est pas l'argent du McDonald qui peut payer ça ! Sale prostituée ! Quitte devant moi ! Imbécile ! Demain, tu vas me déposer ta démission à ce McDo-là ! »

Je pleurai toute la nuit, et tout le week-end. Je n'osai sortir de ma chambre. *Pourquoi devrais-je être tant humiliée ? Qu'avais-je fait de mal sur cette terre ?* Je suppliai le Seigneur de guérir mon cœur et surtout de me donner la force de croire que je m'en sortirais un jour.

Je déposai ma démission au travail le lundi suivant. Ce fut douloureux de devoir me séparer de ce boulot, car il me permettait d'aider Papa et Ashanti, en plus de subvenir également à mes besoins. Il me fallait désormais me résoudre à faire confiance à Dieu. On l'appelait souvent « *Celui qui pourvoit* », alors il était temps qu'Il me le prouve.

ALIKA

« Car l'amour de l'argent est racine de toutes sortes de maux »

Maman, née en France sous la loi du droit du sol, était citoyenne française. De fait, nous avions également acquis la nationalité. Les démarches de visa n'étaient donc pas nécessaires pour nous faire quitter le territoire ghanéen. Cependant, il était évident que ce voyage n'avait pas été préparé à la dernière minute, autrement il aurait été difficile d'expliquer comment Maman avait pu rassembler l'argent pour les billets d'avion de cinq personnes.

Nous emménageâmes en France dans une ville du département de la Seine–Saint-Denis. Tout se passa si vite que je n'eus pas le temps d'assimiler cette dislocation familiale. Nous n'avions plus de nouvelles de Papa ni de mes sœurs restées avec lui. Ce sujet devint tabou. Maman n'en parlait jamais et nous défendait de poser des questions sur ce qui était arrivé. Une fois installés dans notre nouvel appartement, la priorité fut pour Maman de gagner de l'argent, et pour nous, de suivre des cours intensifs de français. Nous avions tout quitté sans rien et Maman se sentait obligée de se battre pour nous par tous les moyens. Elle devint de plus en plus nerveuse et aigrie, n'hésitant pas à nous insulter sans raison. De notre côté, nous subissions son comportement sans toutefois le comprendre.

Maman voulait construire une maison au pays et acheter un appartement en France afin que nous soyons à l'aise. Pour ce faire, elle travaillait en tant que femme de ménage durant la journée et auxiliaire sociale en maison de retraite la nuit. L'appartement que l'assistante sociale nous avait trouvé comportait trois chambres. Notre mère décida de sous-louer la troisième chambre afin d'avoir plus de revenus.

Un après-midi, elle nous présenta un homme qui allait occuper cette troisième chambre à trois cent cinquante euros. C'était le cousin d'une de ses collègues du Ghana, oncle Akofo. Il était grand, près d'un mètre quatre-vingt-dix, robuste et chauve. Une imposante cicatrice, en forme de X, marquée sur sa joue gauche, suscitait en moi un malaise. Maman disait qu'on pouvait le prendre comme notre oncle, même si elle ne le connaissait pas réellement. Mais je restais méfiante. Avec ce qui était arrivé par le passé, je n'avais aucune envie de vivre à nouveau avec un inconnu. Trois heures plus tard, cet oncle sortit et je profitai pour m'entretenir avec Maman. Mon objectif était de lui expliquer que j'avais peur de cette présence masculine. D'autant plus qu'elle travaillait tôt et rentrait tard à la maison. Je tentai de lui rappeler l'histoire de Tonton Tchor qui avait violé la dame de ménage. Mais Maman fit son possible pour me rassurer, tout en me rétorquant que *les factures ne se paieraient pas seules et que je ne devais pas comparer cet homme responsable, qui habiterait sous son toit, à un sorcier.* Si elle le disait, alors je devais lui faire confiance.

En effet, ce pseudo-oncle Tchor avait osé faire des attouchements à la femme de ménage que mes parents employaient. Je l'avais su à cause d'une conversation que Maman engagea lorsqu'elle était au téléphone devant moi.

Un matin d'hiver, un mois après l'installation d'oncle Akofo, Maman quitta la maison à cinq heures du matin pour le boulot comme d'habitude. Nous étions en vacances et tout le monde dormait sauf moi. J'angoissais chaque fois que mes frères et moi nous retrouvions seuls dans l'appartement avec cet inconnu. J'entendis soudain du bruit dans la cuisine et me levai pour aller voir. En avançant vers la pièce, je vis cet oncle qui me sourit.

« Alika, ta Maman m'a dit de te remettre quelque chose. Peux-tu venir un instant ? Viens ! C'est dans ma chambre. »

Je m'avançai donc vers lui, très hésitante et nonchalante. Je traversai la porte de sa chambre et une odeur nauséabonde étouffa mes narines. « Il n'ouvre donc jamais les fenêtres de sa chambre ? » me demandai-je à ce moment-là.

« Assieds-toi ici, sur le lit !

— Tonton, tu peux vite me donner et je repars dormir, non ?! »

Un seul regard de lui suffit pour m'obliger à m'asseoir sur son lit. À cet instant, le souvenir de Tonton Tchor revint me hanter. J'imaginais déjà le pire et me demandais s'il me ferait la même chose que ce sorcier. Les images de cette douloureuse expérience ne cessaient de défiler dans mon esprit. Ma seule envie était de me lever et de fuir, mais Maman n'étant pas là, je ne voulais pas mêler mes petits frères et sœurs à cela. Tout à coup, je me mis à trembler, car je sentis sa main toucher mon épaule. Elle descendit de plus en plus vers ces parties sensibles de mon corps féminin. Je devins automatiquement rigide, le visage crispé, ne sachant quoi faire. Je tentai de me lever pour m'enfuir et éviter de revivre une situation humiliante. Je sentis alors sa main tenir ma bouche. Il venait d'y mettre une bande collante pour m'empêcher de parler ou de crier. Dès lors, il me prit de force et m'allongea rapidement sur son lit. Je le vis à moitié nu. Mes larmes commencèrent à couler. Sa paume de main dure et effilochée essayait tant bien que mal de me caresser. J'aurais préféré être sans vie plutôt que de me retrouver nue devant cet homme. J'espérais de toute mon âme que mes larmes résonneraient comme une supplication afin qu'il me laisse partir. Mais cet homme n'en fit aucun cas. Puis il finit par commettre l'acte. Il me viola. J'essayais de crier pour libérer cette douleur intense, mais l'adhésif m'en empêchait. Je ne pouvais même pas bouger mes lèvres. Je tentais de me débattre, en vain. Je me sentais si impuissante. Il tenait mes bras avec une telle force qu'il m'était impossible de me dégager. Son corps allongé sur moi, la sueur sur son torse, il me regardait d'un air menaçant. Puis, me caressant les cheveux, il se rapprocha de mes lèvres et dit :

« J'ai attendu ce moment depuis que mes yeux t'ont croisée. Tu me rappelles ma nièce avec qui je passais de merveilleux moments. Elle aussi aimait ça et préférait lorsque je lui attachais les mains. Mais toi, tu préfères le ruban, n'est-ce pas ? »

Lorsqu'il eut terminé, il relâcha son étreinte.

« C'est bon ! Lève-toi et va-t'en ! » ordonna-t-il ensuite en remontant son pantalon.

C'était une fois de plus. Une fois de trop. Allais-je pouvoir y survivre ?

VITA

*Comment réagis-tu face aux surprises et
incertitudes de la vie ?*

Un jour, je fus appelée par mes oncles au salon. Ils m'annoncèrent qu'ils partaient rejoindre Daisy à Dallas, aux États-Unis, grâce à la loterie américaine. En fait, le fameux dîner où mon secret fut révélé était un repas d'au revoir. Je consTatai également que bien que mon nom faisait partie de leur livret de famille, tante Abeni et oncle Laurent ne m'avaient pas inscrite parmi leurs enfants à charge lors de leurs démarches pour cette loterie. Ils m'informèrent donc qu'ils déménageaient dans deux mois et que je disposais de cinq semaines maximum pour trouver une chambre d'étudiante. Pas de bol pour moi, Laura était en mission en Afrique pour deux ans. Je devais donc me battre seule et j'étais en examen pour la validation de mon premier semestre. Bizarrement, je n'étais pas stressée par cet ultimatum et vivre seule représentait pour moi un réel soulagement.

J'avais la foi que Dieu ne m'abandonnerait pas. Je décidai de faire appel à l'assistante sociale de mon université pour savoir s'il y avait encore de la place en résidence universitaire, en plein milieu de l'année scolaire. À ma grande surprise, une chambre était disponible et c'était la plus grande d'une cité universitaire fraîchement rénovée. La chambre était séparée de la cuisine et peinte tout en blanc; la salle de bain, elle, était quasi similaire à une cabine de toilettes d'avion. J'expliquai ma situation à l'assistante sociale qui fut prise de compassion, et décida de monter un dossier pour m'aider à obtenir une bourse. Elle était certaine qu'on me l'accorderait, car cette bourse gouvernementale était pour des enfants en rupture familiale qui n'étaient plus soutenus par leurs parents. La décision du jury de l'académie serait connue dans les trois prochaines semaines.

Le délai passé, la notification de bourse indiquait que j'avais droit à une bourse avec l'échelon le plus élevé. J'étais si reconnaissante que je ne savais comment remercier cette assistante sociale. Papa fit tout pour m'envoyer du café du pays, que j'offris à cette dernière. Elle en fut très touchée et répétais sans cesse : « *Je fais simplement mon travail, mademoiselle Dumarchal.* » Papa me conseilla également de ne rien dire aux oncles. Il soutenait que je devais rester silencieuse pour me protéger, même si leur cacher cette information me donnait l'impression de ne pas être transparente avec eux ou encore de leur mentir.

Un mois et demi plus tard, à l'approche de leur départ, je reçus un courrier du gouvernement français qui me convoquait à une audience au sujet de ma citoyenneté. Il était mentionné qu'une falsification avait été déclarée sur mon acte de naissance. Le jour de l'audience arriva et je découvris que tante Abeni et oncle Laurent étaient allés faire une déclaration stipulant que je n'étais pas leur enfant légitime. Je risquais de me voir retirer ma citoyenneté française et de me retrouver *sans-papiers*. Quel choc ! Je pressentis le début d'un autre calvaire.

À l'audience, ni ma tante ni mon oncle n'était présent. Tous les deux avaient quitté le territoire sans honorer la convocation. Il fut statué que je ne pouvais plus être considérée comme citoyenne française. Quand bien même le juge indiqua que ce n'était pas ma faute, car les documents avaient été produits quand j'étais mineure, selon la loi, je n'étais plus admissible. Il me redirigea donc vers une demande de carte de séjour, processus qui s'annonçait aussi comme un parcours du combattant. Mes oncles avaient été condamnés à une amende, et à me verser des dommages et intérêts. Bien évidemment, je ne comptais pas sur eux pour obéir à la loi.

J'étais bien consciente du problème qu'oncle Laurent et tante Abeni avaient créé, eux-mêmes, d'ailleurs. Malgré tout ce que je pouvais ressentir au plus profond de moi, je restais polie, respectueuse et serviable envers eux, même avant leur départ. Je répétais chaque fois dans mon cœur : « *Faites du bien à ceux qui vous font du mal* ». Mon nom aussi était là pour me rappeler que je ne devais pas abandonner. Il me fallait persévérer dans l'amour, malgré les situations injustes de la vie, et j'étais convaincue qu'un jour, Dieu me bénirait.

La rupture familiale fut définitive après leur départ pour les États-Unis, et ce, contre mon gré. Par principe, j'essayais tant bien que mal de les appeler pour avoir des nouvelles, mais je n'avais jamais de retour. En réalité, c'est comme s'ils avaient occulté mon existence. Alors, je compris que je devais laisser tomber et me concentrer sur ma vie, ma petite sœur et mon Papa. Ce dernier se sentait désarmé et essayait d'être fort pour moi. Nous souffrions de ne pas nous être vus depuis mon départ.

Ma carte de séjour ne pouvant se faire d'elle-même, j'allai me renseigner sur les documents à fournir et la procédure à suivre. Il fallait faire la queue la veille à 16 h pour espérer avoir un ticket de réception, le lendemain à l'ouverture. Il y avait seulement cent cinquante tickets distribués et seuls les plus violents pouvaient s'en emparer.

Je m'absentai donc des cours un mardi pour m'y rendre et déposer mon dossier. J'arrivai à 16 h 07. Un soleil fort régnait sur la journée, mais il faisait très froid. Une cinquantaine de personnes avaient déjà installé leurs bouts de cartons sur le sol, faisant office de siège. Le dernier dans la file était un jeune homme avoisinant la trentaine. Il portait un pantalon trois-quarts de couleur beige, un manteau bleu marine ouvert laissant paraître son pull Lacoste noir. Il était clair de peau, avec un teint métissé, une petite barbe et un très beau visage. Je le trouvais un peu trop habillé pour venir passer la nuit devant une préfecture. D'ailleurs, qu'est-ce qu'un métis venait faire dans une préfecture comme nous autres ? Je me plaçai dans la file derrière ce jeune homme.

« Je suis déjà fatigué de venir ici. Pourquoi on nous traite de la sorte ? » murmurait-il en s'adossant sur le mur sur notre droite.

Je ne l'entendais prononcer que soupirs et ras-le-bol. Il était probable que ce ne soit pas la première fois qu'il se trouvait ici. J'engageai la conversation.

« Bonjour, vous faites la queue depuis longtemps ?

— Non, je suis arrivé il y a à peine dix minutes.

— Je suis impressionnée par le monde que je vois, alors qu'il est à peine 16 h.

— Ah, ici il faut venir le plus tôt, hein ! Même à midi, si tu es libre, il faut venir commencer à faire la queue. »

Un sourire forcé se dessina sur mon visage et il poursuivit.

« Ici, ce n'est pas la blague, hein ! Il faut être dur !

De toute façon, tu n'as pas le choix.

— C'est-à-dire ?

— Alors toi, ça se voit que tu es nouvelle ! Déjà, sache que tu ne seras pas reçue avant 11 h. Il faut prier et demander à Dieu de multiplier seulement les tickets qui seront distribués. Parce que là où on est là, rien n'est sûr qu'on sera parmi les chanceux. »

Mais qu'est-ce qu'un blanc vient faire à la préfecture ? Il m'intrigue, ce type.

Dans ce rang, chacun discutait avec son voisin comme s'ils s'étaient toujours connus. On aurait pensé à une grande réunion familiale composée d'Africains, Haïtiens, Maghrébins et du fameux métis devant moi. Des éclats de rire se faisaient entendre parmi nous, des discussions politiques devenaient houleuses et, pour certains, les conversations tournaient autour de la dernière Ligue des champions.

« Je ne pense pas qu'il y ait plus de cinquante personnes devant nous, dis-je en m'adressant au jeune homme.

— Illusion d'optique ! Il y a des gens ici qui font la queue pour trois ou quatre personnes.

— Et pourquoi ?

— Hum, c'est leur gagne-pain. Les gens qui ne peuvent ou ne veulent pas venir souffrir ici les paient pour le faire à leur place ! À 8 h 45, ils auront fini leur *shift* et laisseront la place à leurs clients dans la queue.

— Faisons tout ça, dans ce cas !

— Tu as 100 euros ou 200 euros à leur donner ?

— Quoi ? 200 euros ?? C'est une blague ?

— C'est un *business* ici ! Mais toi tu m'as l'air naïve, hein.

— Je ne suis absolument pas naïve. Je manque juste d'informations.

— Sinon, mon nom est Ryan, dit-il en tendant sa main vers moi.

– Vita, enchantée, répondis-je en serrant sa main.

– Quand je t'entends parler, je sens que c'est ta première fois ici.

– Oui, en effet.

– D'accord ! En tout cas, bon courage à toi. »

Huit heures plus tard, la queue s'était déjà allongée et atteignait certainement plus de deux cents personnes. Le plus impressionnant et déplorable était de voir des Mamans avec leurs bébés dans les poussettes, assises par terre. Certaines essayaient tant bien que mal de calmer ces enfants que le froid frappait sans pitié.

Je passai toute la nuit assise là, à grelotter dans le froid. Papa m'appelait de temps en temps pour savoir comment les choses se passaient. Ryan et moi échangeâmes toute la nuit, ce qui me permis d'en apprendre plus sur lui. C'était un Franco-Béninois de 25 ans qui venait à la préfecture renouveler sa carte de séjour. Il paraissait nettement plus mature que son âge ! Son père Français et sa mère Béninoise avaient habité ensemble au Bénin et s'étaient séparés juste avant sa naissance. Il n'avait jamais connu son père et n'avait donc pas la nationalité française. C'était un enfant unique qui avait été élevé par sa mère. Sa mère s'était battue pour lui donner une éducation exemplaire. Il était étudiant en première année de Master finance de marché dans l'une des meilleures universités de la place et effectuait son stage à la Banque de France. La seule chose que je lui dis sur ma vie était que j'avais quitté la maison familiale et vivais maintenant seule. Je ne voulus pas me confier davantage à un inconnu, mais j'acceptai de lui donner mon numéro afin que nous restions en contact.

Le lendemain, à l'ouverture de la préfecture, je réussis à avoir un ticket et un agent de l'immigration me reçut. Je déposai mon dossier et obtins un récépissé de demande de carte de séjour m'autorisant à travailler.

Trois mois plus tard, je reçus ma carte de séjour. Mon nom avait été changé, je ne m'appelais plus Vita Dumarchal, mais Vita Landa. Il faut croire que c'était retour à la case départ. Par ailleurs, je trouvai un travail à temps partiel en tant que femme de ménage dans une banque. En plus de ma bourse, ce travail me permettait de m'occuper d'Ashanti. En parallèle, je réussis mes examens de fin d'année avec mention et fis la joie de Papa. Je n'avais qu'un seul rêve, celui de payer un billet d'avion pour repartir dans mon pays natal.

ALIKA

*« Each time I see you, I see the beautiful,
beautiful love in your scars. »* [6]

Michelle Williams

Je me levai en essuyant mes larmes et ramassai mes vêtements. En me courbant, je remarquai un objet de couleur chair par terre qui ressemblait à un ballon gonflable. Je compris plus tard que c'était un préservatif. Je me dirigeai vers la salle de bain en boitant, car j'éprouvais de fortes douleurs au niveau du vagin. J'ignorais pendant combien de temps il était resté allongé sur mon corps, mais j'en haïssais chaque instant. Assise dans la salle de bain face au miroir, je constatais que je saignais légèrement. Je n'avais plus d'émotions. J'éprouvais simplement du dégoût. Je mis mes vêtements dans le bac à linge sale et j'entrai sous la douche. Je frottais mon corps, espérant me sentir plus propre et croyant que cela stopperait ces petites gouttes de sang. Cette scène me rappela les douches que je prenais après les actes douloureux de Tonton Tchor. Mon esprit se remplit de souvenirs cauchemardesques. Mes larmes coulaient désormais sans aucun effort. *Pourquoi moi ?*

---

6   À chaque fois que je te vois, je vois l'amour magnifique, magnifique dans tes cicatrices.

Quarante minutes s'écoulèrent et j'étais toujours là sous cette douche, prête à y passer le reste de la nuit s'il le fallait. Au moment où je fermais le robinet, quelqu'un frappa à la porte. Je sursautai en pensant que c'était cet imposteur.

« Je veux faire pipi ! » dit Henri tout fatigué.

Je lui ouvris la porte et courus dans les toilettes pour enfiler mon pyjama. Cinq minutes plus tard, je me trouvais dans mon lit, en larmes, me promettant d'en parler à Maman. Peu importe la honte que j'éprouvais.

Maman rentra à dix heures du matin et oncle Akofo était déjà de sortie. Ce matin-là je remarquai que je ne saignais plus et mon cœur fut apaisé. Je courus vers ma mère en la pressant de s'asseoir pour écouter ce que j'avais à lui dire. Je commençai à lui parler en bégayant, car j'avais honte et peur de sa réaction.

« Alika, sache que mentir n'est pas bien. Mentir sur les adultes, sur tes oncles, ce n'est pas bien. C'est un péché. »

Étais-je dans un rêve ? Étonnamment, la seule personne capable de me protéger ne me croyait pas. La colère monta en moi !

« Mais Maman… Comment peux-tu penser que je mens et donner du crédit à ce monsieur que tu ne connais même pas réellement ?

— Je t'ai dit que mentir ce n'est pas bien. Et c'est très grave ce dont tu veux l'accuser. En plus, il paie très bien son loyer et nous fait souvent les courses à la maison. Il est très responsable dans sa famille et c'est lui qui prend soin de ses parents, de ses frères et même de ses neveux et nièces. Et puis regarde le haut que tu portes. On voit ta poitrine. Comment ne veux-tu pas attirer les hommes avec ça ? En tout cas, sache une chose : c'est très grave ce que tu avances. »

Je courus m'enfermer dans la chambre. Maman avait changé. Celle qui m'aurait protégée par le passé, et se disait capable de donner sa vie pour ses enfants, était celle qui aujourd'hui me culpabilisait.

Vivre cette douleur seule me rendit aigrie à tel point que mon cœur se remplit d'un sentiment de vengeance. Deux fois de suite ? Qu'avais-je fait pour subir un tel sort ? Pourquoi Maman ne me croyait-elle pas ? Pourquoi Papa était-il lui aussi absent ? Depuis notre départ du Ghana, il n'avait jamais réellement cherché à avoir de nos nouvelles. Avec le temps, toutes ces histoires me rendirent colérique, impulsive, et ce, même envers mes petits frères. Ces derniers furent malheureusement ceux sur qui je me défoulais à mon tour. Maman pensait que je piquais une crise d'adolescence et disait que cela me passerait.

Huit mois plus tard, nous avons accueilli un autre oncle qui devait reprendre la chambre d'oncle Akofo. Il venait à peine de s'en aller que ce nouvel individu faisait son entrée dans la maison. Maman, en bonne Africaine, les prenait tous comme ses frères, même si elle venait à peine de les rencontrer.

« Les enfants, voici votre Tonton qui va habiter avec nous. Il s'appelle Giscard. Il est là pour six mois. Vous savez que le seul moyen de nous en sortir est de louer la chambre. Je compte donc sur vous pour être aimables avec lui.

— Bonjour les enfants. Ne vous inquiétez pas, on va bien s'amuser, dit le nouvel arrivant.

— On ? S'amuser avec qui ? rétorquai-je sur un ton arrogant.

— Alika ! Je t'interdis ! Tu m'arrêtes ton insolence là deux secondes ! » dit Maman.

Elle ne comprenait donc pas que je le voyais comme un autre prédateur potentiel ? De toute façon, si elle ne me croyait même pas, comment pouvait-elle comprendre ma pensée ? Ma mère fermait-elle ses yeux au profit de l'argent ?

Je dormais mal. Ces souvenirs me hantaient. Toutes les nuits étaient un cauchemar, particulièrement celle du samedi 20 avril.

Nous avions l'habitude de rester seuls à la maison, Maman travaillant très dur. Elle s'était rajouté un troisième boulot. Nous ne la voyions que le week-end, lorsqu'elle n'était pas appelée à travailler. Je devins la Maman de mes frères. Je devais veiller sur eux, faire à manger, m'occuper du ménage et m'occuper de moi-même.

Ce samedi-là, mes petits frères passaient le week-end chez leurs amis, où ils avaient une fête pyjama party. Maman avait été appelée pour travailler la nuit de samedi à dimanche, à 4 h du matin. Oncle Giscard, quant à lui, était en déplacement hors de la ville. Du moins, c'est ce que je croyais.

Cette nuit-là, j'entendis la porte se fermer. Je pensais que c'était Maman qui s'en allait, mais il s'agissait de notre nouveau locataire qui revenait de son voyage. Je fus très surprise, car il était censé revenir dimanche soir. Or, il n'était que 6 h.

« Ah, Alika, tu es déjà debout ?

— Bonjour Tonton. Oui !

— Pourquoi si tôt ?

— Je croyais que c'était Maman.

— Ah d'accord. Oui, hier soir, je l'ai appelée et elle m'a dit qu'elle partirait travailler tôt ce matin, vers 4 h ou 5 h.

— OK. »

Je voulus presser le pas pour retourner dans ma chambre, mais il m'interpella.

« Alika ? Tu as un problème avec moi ?

— Heu non, Tonton.

— D'accord. Tiens, c'est pour toi et tes frères.

— Merci Tonton ! »

Il avait ramené un sac rempli de biscuits et chocolats. Je récupérai le colis et retournai aussitôt dans ma chambre. Je tremblais, me sachant seule dans l'appartement avec cet homme. Mais je me sentis plus sereine et en sécurité lorsque je parvins à regagner ma chambre sans qu'il m'en empêche, et à la fermer à clé. Maintenant, je devais essayer de m'endormir, sans craindre qu'il casse la porte pour venir me toucher.

Cependant, cette sécurité resta éphémère. Je fus réveillée par des chatouillements sur mon corps. Lorsque j'ouvris les yeux, je vis cet homme en train de s'allonger sur moi et le pire arriva. Encore une fois. Je pleurais. Et lui murmurait à mes oreilles que j'en avais besoin. Il disait que je ne le laissais pas indifférent et qu'il avait eu envie de moi dès la première fois où il me m'avait vue. Comment devais-je le prendre ? Je n'avais que 15 ans. En quelques mois, il était le deuxième homme à violer ainsi mon intimité en proférant les mêmes arguments. Comment un homme de plus de 35 ans pouvait-il agir de la sorte ? Je ravalai mes larmes et me résolus à croire que mon corps avait probablement été créé pour que les hommes y prennent plaisir. Pour réduire le poids de la douleur ce jour-là, je me dis : « *Finalement, et si je me laissais juste aller ?* »

VITA

« Qu'il est bon et qu'il est agréable pour des frères de se trouver ensemble. »

David

Ryan et moi étions toujours en contact. Nous devenions de bons camarades. D'ailleurs, il m'aidait beaucoup dans mes révisions de dernières minutes. Il venait souvent me chercher à la fin des cours pour aller à la bibliothèque. Nous nous rapprochions davantage au fil des jours. J'avais tout de même peur de le laisser prendre une place dans ma vie et qu'il m'abandonne ensuite. Même Laura, sur qui je m'appuyais, était partie et je n'avais plus de ses nouvelles depuis longtemps. Le dernier signe de vie qu'elle avait donné était lors du départ de mes oncles.

J'étais désormais en troisième année de licence et je commençais à réfléchir à la suite de mon parcours scolaire. L'université avait mis en place un programme d'échange scolaire à l'étranger pour les deux années de Master. Les universités partenaires se trouvaient en Angleterre, en

Pologne, en Belgique, au Canada, et aux États-Unis. Bien évidemment, les places étaient limitées et la sélection se faisait sur dossier avec un test d'anglais obligatoire, le TOEFL. Seules cinq formations étaient concernées : relations internationales, finances, neurologie, économie internationale et informatique. Mon rêve étant de devenir journaliste, mais souhaitant aussi effectuer des études à l'étranger, j'étais partagée. La formation qui se rapprochait le plus de ce rêve était celle en relations internationales, offerte par la *Howard University*. Je me laissai donc tenter et j'allai me renseigner afin d'obtenir de plus amples informations sur les délais de candidature.

Nous étions le 29 novembre et il fallait postuler était le 15 décembre. Il y avait toute une procédure d'immigration à effectuer, surtout pour les étudiants qui, comme moi, n'étaient pas Français. Je pris le temps de prier. Je déposai mon dossier le 10 décembre. Il ne me restait plus qu'à attendre la réponse, prévue pour le 5 janvier. Je n'avertis personne de cette initiative, sauf Ryan qui fut mon seul et unique soutien. Je voulais voir si ma candidature aboutirait avant d'en parler à qui que ce soit, même à Papa. Si mon dossier était accepté, je recevrais une bourse pour vivre dans mon pays d'accueil et j'habiterais sur le campus avec une possibilité d'y travailler.

Ryan et moi continuions de nous voir et nous devenions de jour en jour des confidents. Il avait réussi à me mettre en confiance et me prouvait tous les jours par ses actes qu'il n'était pas dans ma vie pour se moquer de moi. Il me faisait des avances, mais je ne me sentais pas en mesure d'entamer une relation. J'avais 20 ans et je n'avais jamais eu de petit-ami. À vrai dire, les circonstances de ma vie ne m'avaient pas donné beaucoup de choix. Je me concentrais plus sur la réussite de mes études pour aider ma famille.

Plus le jour J approchait, plus mon cœur s'emballait. Ryan passa me voir à la bibliothèque de l'université un après-midi, très excité à l'idée que je puisse être admise pour cet échange scolaire.

« Les résultats arriveront bientôt, Vee ! dit-il tout souriant.

— Toi, ça se voit que tu sors de chez le coiffeur ! lui répondis-je.

— Comment tu sais ?

— Tes contours, cher ami ! Ils sont vachement bien tracés, rétorquai-je avec un clin d'œil.

— Il rit en caressant sa barbe.

— Sinon, oui je sais que les résultats sortent bientôt !

— Mais peux-tu arrêter de me stresser, s'il te plaît ?

— Non, non, je ne te stresse pas ! J'ai juste hâte, quoi ! Tu sais, après tout ce que tu m'as raconté sur toi, tu le mérites. Je ne crois pas en Dieu comme toi, mais j'espère qu'Il saura répondre à tes prières.

— Tout concourt à mon bien, Ryan ! J'ai prié, j'ai agi. Que Sa volonté se fasse !

— Oui ! D'ailleurs est-ce que tu me permets de parler de toi à une de mes amies d'enfance, Imani ?

— Heu… Dans quel but ?

— Ne t'inquiète pas. Elle étudie aussi à *Howard University*. J'ai pensé qu'elle pouvait t'accueillir. Au moins, tu ne serais pas seule.

— Ah… heu… D'accord, pourquoi pas ? Monsieur qui m'as appris la règle de « l'ouverture aux autres, car je pourrais passer à côté d'une personne qui pourrait changer ma vie ». OK. Fais-le. »

Il acquiesça en rigolant, car j'avais compris qu'il ne me laissait pas le choix.

Pendant deux semaines, il réitéra son vœu de m'avoir dans sa vie comme sa petite amie. Je l'appréciais, mais l'attachement que j'avais pour lui était purement amical et n'arrivait pas à se changer en sentiment amoureux. Et puis, je refusais de sortir avec un homme juste pour le fun. Je voulais un partenaire de vie et, pour cela, Papa m'avait toujours dit « *Ne choisis jamais ton partenaire de vie sans associer Dieu dans ton choix, ma fille.* » Je pouvais encore entendre sa voix résonner dans mon esprit. Au-delà de tout cela, cette problématique n'était pas une priorité.

Les fêtes de fin d'année approchèrent et j'étais toute seule. À dire vrai, la solitude ne me dérangeait pas tant que ça. J'essayais de joindre Laura, mais sans succès. Je ne comprenais pas pourquoi elle ne donnait aucune nouvelle, ce qui m'inquiétait. Quelques jours plus tard, Ryan m'informa que, selon les informations d'une connaissance commune à Laura, celle-ci était rentrée d'Afrique depuis un mois. Cette connaissance avait croisé Laura dans une fête, en compagnie d'un homme réputé être assez aisé. Je fus étonnée d'entendre tout cela; d'autant plus que Laura ne retournait aucun de mes appels, malgré les nombreux messages que je lui laissais. Je m'inquiétais pour elle, alors qu'elle menait une vie plutôt confortable de son côté. Son comportement me blessa et me rendit vraiment confuse.

Le 24 décembre, je décidai de faire une surprise à Laura en me pointant chez elle. J'avais préparé du poisson au four et un gratin dauphinois. Je portais une robe rouge, mi-longue, avec des collants noirs et des bottines. J'avais fait un chignon avec une longue postiche bouclée. J'ai peu d'attrait pour le maquillage, mais je décidai tout de même de mettre un rouge à lèvres rouge pour l'occasion. C'était le seul dans ma trousse, de toute façon. J'étais prête à lui faire cette belle surprise. « *Elle sera contente que je fasse des efforts pour prendre soin de moi* », pensais-je. Il s'agissait de Laura, je n'avais pas besoin de l'informer avant de passer chez elle. Elle était ma grande sœur et la seule personne que je connaissais réellement dans ce pays. Avant ma visite, j'appelai Ryan. Il était un peu comme mon meilleur ami, alors je voulais lui faire part de ma surprise à Laura, mais il semblait se trouver à une fête. Il y avait du bruit autour de lui et nous ne réussîmes pas à discuter.

Arrivée devant chez Laura, je n'eus pas besoin de sonner. J'aperçus un voisin sortant de son bâtiment et je saisis l'occasion pour y accéder. Depuis les escaliers, je pouvais entendre des bruits provenant de l'appartement de ma cousine. Je compris alors qu'une fête s'y déroulait. Je fus étonnée de ne pas avoir été invitée, surtout que Laura savait que j'étais seule. Je me dirigeai tout de même vers la porte d'entrée, et cognai en gardant mon doigt sur le judas. Je voulais que la surprise soit complète. Lorsque la porte s'ouvrit, mon choc ne pouvait être plus grand.

ALIKA

On ne donne que ce que l'on a.

Je me laissai aller les deux années durant lesquelles Maman louait cette chambre, à la recherche de plus d'argent. Aurais-je dû lui en vouloir ? Je ne sais pas. Elle le faisait tout pour nous assurer un avenir. Mais à quel prix ? Ces hommes agissaient envers moi comme s'ils s'étaient passé le mot. Toutefois, je n'acceptais plus d'être victime. J'avais décidé d'être la maîtresse du jeu. De toute façon, personne ne me croyait, alors je me sentais libre d'accomplir tous les plans qui me passaient par la tête.

Il y eut cet homme, d'origine indo-pakistanaise. Je me demandais où Maman avait bien pu le dénicher. Il fut le dernier locataire de cette chambre, le lieu de tant d'agressions sexuelles. Une nuit, Maman étant au travail et les petits au lit, je trouvai un alibi pour aller prendre un objet dans sa chambre. Je sortis de la douche et mentis à ce énième « oncle » que je n'avais plus de crème pour le corps. J'entrai dans la pièce et insistai pour utiliser sa crème sur place afin de ne pas faire plusieurs allers-retours. Je n'hésitai pas à enlever ma serviette devant lui pour appliquer cette crème sur ma peau. Plusieurs hommes avaient déjà vu ce corps en pleine puberté, je n'avais donc plus de mal à le montrer. Je le sentais mal à l'aise, et c'était pour moi le signe de ma revanche. Je me sentais gagner ! Mon but ultime était de l'attirer à moi et de le faire culpabiliser.

Pendant plusieurs mois, je fus celle qui était mal à l'aise. Cette fois-là, j'étais heureuse de voir que je parvenais à créer à mon tour le même sentiment chez un homme. Il avait finalement l'air innocent, mais je m'en foutais. J'avais décidé de lui faire payer.

Je fis exprès de trébucher et finis par tomber sur lui. Nous passâmes à l'acte. J'eus une sensation de satisfaction. Je le vis ensuite pleurer en me demandant de jurer de ne rien dire à personne. Il disait qu'il n'avait jamais eu l'intention d'avoir des rapports sexuels avec moi, surtout avec une mineure. Je m'en doutais bien ! Mais je m'en fichais. Je souriais de voir le « karma » opérer. Ce dernier locataire ne supporta pas ce qui s'était passé et décida de partir. Maman ne comprit pas son départ soudain, mais moi j'en riais. Après lui, Maman décida de transformer la chambre afin qu'Henri, seul garçon, puisse s'y installer. J'éprouvai de la pitié pour mon petit frère, car pour moi cette chambre était souillée.

Les jours passaient et les films pornographiques attiraient de plus en plus mon attention. Je voulais apprendre à dominer sexuellement. Je ne tardai plus à profiter des absences de Maman pour les regarder. Je me masturbais et finis par trouver du plaisir au sexe. Mais parallèlement, je commençais à me haïr, à haïr ce corps qui se développait beaucoup trop tôt. Le désir de vengeance croissait exponentiellement dans mon cœur, pendant que ma colère envers ma mère et les hommes se transformait graduellement en haine.

Il n'y avait plus d'étranger à la maison, mais je ne m'en portais pas mieux. Au contraire, mon état psychologique empirait.

Je ne parvenais pas à extérioriser ce qui se trouvait à l'intérieur de moi. Je n'arrivais ni à me confier, ni à exprimer mes sentiments. D'ailleurs, la seule chose que je ressentais se résumait en un mot :

HAINE. Selon les périodes, j'étais soit anorexique, soit boulimique. Ma famille associait cela à des troubles de l'adolescence, tandis que moi je pleurais la perte d'une chose qui m'était chère et que je ne comptais offrir qu'à un seul homme : ma virginité. Entre-temps, il y avait ce jeune homme qui tournait autour de moi depuis trois mois. C'était le nouveau de la classe, Joe. J'ignorais ce qu'il me voulait, mais une chose était sûre, il ne m'aurait pas comme les autres.

La sonnerie du lycée retentit, signalant la pause entre les cours. Joe s'approcha de moi.

« Ça va ? demanda-t-il.

— Qu'est-ce que tu veux ?

— Oulaaa, doucement ! Pourquoi tant d'agressivité ? T'es sûre que ça va ?

— Si je ne vais pas bien, tu vas m'emmener chez le docteur ?

— Joe ! Enchanté, mademoiselle l'agressive.

— Je ne veux pas faire ta connaissance !

— En plus d'être agressive, elle est insolente !

— Aurevoir ! »

Je ne compris pas ma réaction envers lui. La vérité était qu'au fond de moi, je craignais les hommes et ils ne m'inspiraient pas confiance. Le sentiment de revanche me rongeait toujours et je restais sur mes gardes. Joe avait pourtant l'air gentil. Quoique… ils en avaient tous l'air, jusqu'à ce qu'ils décident d'aller plus loin.

Nous étions en cours et je le sentais m'observer. J'étais mal à l'aise et me demandais ce qu'il avait à me regarder de la sorte. La sonnerie retentit de nouveau, marquant la fin de la journée. Je sortis du lycée et marchai vers la station de bus. Joe courut vers moi et m'intercepta.

« Alika !

– Qui t'a donné mon prénom ? demandai-je en me retournant brusquement.

– Je l'ai vu quand tu signais la fiche de présence en classe.

– Je l'ignorai et poursuivis mon chemin.

– Je ne sais pas ce que tu traverses, mais ça se voit que tu vas mal.

– Mêle-toi de tes affaires !

– Pas de soucis. En tout cas, moi je suis ravi d'avoir fait ta connaissance, même si tu me rejettes. »

Je l'ignorai jusqu'à ce qu'il s'en aille.

Un mois plus tard, Joe forçait toujours la communication. Il n'avait aucun propos ni geste déplacé, mais comment lui faire confiance ?

Lors des vacances de Pâques, Maman voyagea avec les petits en province, chez une de ses amies. Je ne voulus pas les accompagner et décidai donc d'inviter Joe à la maison. Je me disais intérieurement : « *Je préfère anticiper la chose avant qu'il ne me passe dessus de force* ». Je pensais que derrière cet air innocent qu'il dégageait, tout ce qu'il voulait c'était mon corps.

Ainsi, lorsque mon invité arriva à la maison, je créai une atmosphère qui m'aida à le faire tomber dans mon lit. Il s'en voulut. Férocement.

« Je t'assure, Alika ! Je ne t'ai pas approchée pour ton corps ! Pardonne-moi ! Je t'en supplie ! Je ne suis pas ce genre d'homme ! On n'aurait jamais dû ! Je n'aurais jamais dû venir chez toi ! Pardonne-moi, Alika, pardonne-moi. » Je le chassait de chez moi.

Pour moi, c'était un jeu. Et il me plaisait bien. Je me voyais comme un simple corps que je pouvais utiliser pour attirer des hommes. D'ailleurs, j'en fréquentais énormément et quelques-uns succombaient à la tentation. Je réalisais à quel point il m'était facile de manipuler la gent masculine. Ces hommes en arrivaient à croire qu'ils étaient entièrement fautifs. J'en riais quand je me retrouvais toute seule. Cela créait en moi le désir d'expérimenter plus. Je voulais les voir s'excuser en larmes, regretter une chose qu'initialement ils n'avaient jamais voulue; les voir culpabiliser et réaliser qu'ils devraient apprendre à maîtriser leurs envies charnelles.

Avec des parents presque démissionnaires, ma vie devint une récréation. Mon père s'était complètement volatilisé, et ma mère était trop occupée pour voir ma douleur et mon mal-être. La réalité est que dans ma culture, les hommes sont quasi intouchables. Ils peuvent faire aux femmes ce qu'ils veulent. Rien ne leur arrive. C'est à la femme de vivre avec le poids de la culpabilité. C'est l'homme qui a l'argent et c'est l'homme qui a raison. Cette amertume me rongea longtemps. Jusqu'à ce jour, où tout bascula.

VITA

« Quand tout semble contre vous, souvenez-vous que l'avion décolle face au vent et non avec lui. »

Henry Ford

Grande fut ma surprise lorsque je vis Daisy, la fille de tante Abeni ouvrir la porte. Elle-même fut étonnée et mal à l'aise. Au même moment, Laura s'approcha de l'entrée, demandant à Daisy ce qui se passait.

« Vita, qu'est-ce que tu fais ici ?

— Heu… bah… J'ai appris que tu étais rentrée. C'est le 24 décembre et j'ai pensé te faire une surprise. Tu ne répondais ni à mes appels ni à mes messages, alors je m'inquiétais. »

Daisy était retournée au salon sans même me dire bonjour. À côté de la porte légèrement entrouverte, se trouvaient plusieurs hommes, mais je ne pus en distinguer qu'un seul. C'était un jeune homme qui se tenait de dos, avec une chemise kaki portant l'inscription *I am the boss*.

« Je ne suis pas une enfant pour que tu t'inquiètes pour moi. Je suis désolée, mais je reçois des gens aujourd'hui, je peux t'appeler demain ? »

Au loin, j'entendis la voix de tante Abeni crier :

« Cette ingrate-là veut quoi ? Jusqu'au bout elle veut nous suivre ! Qu'est-ce qu'elle vient chercher ici ? Qui l'a même invitée ? »

Je remerciai simplement Laura et m'en allai en courant avec le dîner que j'avais préparé. Je me sentais trahie. Laura qui était ma confidente, celle sur qui je comptais, me traitait aujourd'hui de la sorte ? J'ai pleuré et prié toute la nuit. Un verset résonnait sans cesse dans mon esprit : *« Mieux vaut chercher un refuge en l'Éternel que de se confier à l'homme. »*

C'est seulement le lendemain que j'appelai Papa pour lui en parler. Je compris qu'il savait des choses qu'il ne voulait pas me dire. Mais Ashanti m'expliqua plus tard qu'elle avait entendu une conversation entre Papa et un membre de sa famille au sujet de Laura. Cette dernière avait obtenu ses promotions professionnelles grâce à oncle Laurent. L'homme qu'elle avait rencontré et dont Ryan m'avait parlé, était également une bonne relation d'affaires de mon oncle. C'était un Libano-Rwandais qui faisait beaucoup d'affaires en Afrique et aux États-Unis. On dirait que pour gagner leur faveur, Laura avait accepté de me renier. Papa disait que si j'apprenais le retournement de veste de Laura, cela me détruirait.

J'avais mal, mais je compris qu'aussi longtemps que je croirais que l'Homme serait incapable de me faire du mal, je serais toujours surprise. L'être humain déçoit toujours, car il est imparfait. Dieu est la seule personne qui ne déçoit jamais, car Lui seul est parfait.

Je passai mes fêtes de fin d'année dans les larmes. Je ne voulais plus parler à Ryan de peur que lui aussi me trahisse ou me traite un jour avec autant de mépris.

Le 31 décembre, je me rendis en toute discrétion à l'église que je fréquentais habituellement. Elle se situait à quinze minutes à pied de chez moi. Je passai un moment chaleureux, mais restai assez effacée pour m'éclipser à la fin du culte. À mon retour à la maison, j'appelai Papa et Ashanti. Nous restâmes presque deux heures au téléphone. Ashanti était en dernière année de lycée et se montrait très brillante à l'école. Elle était une jeune fille très ambitieuse qui aimait travailler. Plus tard, elle souhaitait devenir oncologue et soigner les patients atteints de cancer. C'était une manière pour elle de prendre sa revanche sur le cancer de Maman. Après son baccalauréat, elle fréquenterait la faculté de Médecine et des Sciences biomédicales de Yaoundé.

Leur présence au téléphone après le temps de prière me remonta considérablement le moral. Je continuai dans cette atmosphère paisible et joyeuse en faisant jouer de la musique gospel. Le lendemain, je me levai assez tard, car je m'étais endormie vers 6 h du matin. Je vis cinq appels manqués sur mon téléphone : deux de Ryan et trois de Laura. « *Rappelle-moi dès que tu vois mon message* », disait la note vocale laissée par Laura. Je ne lui en voulais plus tant que ça, cependant je n'avais pas particulièrement envie de lui parler. Je rappelai Ryan et m'excusai pour la distance que j'avais pris ces derniers jours avec lui. Nous discutâmes durant une heure et demie et il me proposa de me rendre visite; ce que je déclinai. Il insista en m'expliquant qu'il voulait m'annoncer quelque chose. La vérité était que je désirais rester seule et surtout prendre le temps de méditer sur le comportement à adopter envers Laura.

« *Aimez vos ennemis, bénissez ceux qui vous maudissent, faites du bien à ceux qui vous haïssent et priez pour ceux qui vous maltraitent et qui vous persécutent.* » Je repassais ces recommandations sans cesse dans mon esprit afin qu'elles prennent racine en moi. Malgré la manière dont je me sentais, je ne voulais pas cesser d'aimer, ni de pardonner, ni d'exercer la miséricorde, mais c'était dur. Je savais que je devais continuer à être aimable avec Laura, à lui pardonner totalement sa trahison et peut-être même à lui donner une seconde chance. Mais, c'était difficile. Je repensais à ma vie depuis le décès de Maman et je ne pus rester tranquille. Je suppliais Dieu de consoler mon cœur et criais, car je ne voulais plus souffrir. Tout ce rejet et cette solitude me blessaient. Je me disais que si Maman avait survécu je n'aurais peut-être pas eu à souffrir. Mon seul souhait désormais était de quitter ce pays pour lequel mes souvenirs étaient majoritairement négatifs. Je désirais un nouveau départ, ailleurs, loin de cette ville, de l'entourage de mes oncles et de Laura.

Je passai cinq jours enfermée chez moi sans donner de nouvelles. J'avais perdu l'appétit depuis ma visite chez Laura et ça se répercutait sur mon poids. Le jour de la réponse de ma candidature arriva et je m'empressai de consulter mon dossier en ligne. À 15 h, je n'avais toujours aucune information sur ma session en ligne. Ryan me harcelait de coups de fil. Je finis par lui répondre que je n'avais aucune information sur ma candidature. Il ne me crut pas, pensant que je voulais faire ma cachottière comme d'habitude. Je lui dis de passer afin qu'il voie de lui-même. Quinze minutes plus tard, il frappait à ma porte.

« Entre ! C'est ouvert !

— Salut la Terre !

— Bonjour ! Tiens, regarde ! lui dis-je en lui tendant mon ordinateur, afin qu'il voie qu'aucune information n'avait été mise à jour.

— Tu devrais appeler l'école pour savoir. Il est bientôt 16 h et ils ferment à 16 h 30.

— Oui, c'est vrai. Bonne idée. »

— Je composai donc le numéro de l'école. La ligne sonnait et j'attendais frénétiquement qu'une personne décroche.

« Bonjour, madame, j'appelle pour savoir si les résultats des candidatures pour l'échange scolaire international ont bien été délivrés.

— Oui, oui, répondit mon interlocutrice. Mais vous allez le recevoir par courrier parce que nous avons une anomalie au niveau du système informatique depuis trois jours. Normalement, vous devriez l'avoir déjà reçu, car les courriers sont partis avant-hier. Avez-vous regardé votre boîte aux lettres ?

– Non, pas encore.

– OK, regardez et si vous ne recevez rien d'ici un à deux jours, passez au service. OK ?

– Oui Madame. Je vous remercie. Bonne journée à vous. »

Je raccrochai le téléphone et mis rapidement mes chaussures pour descendre. Ryan me suivit comme une ombre. Le courrier était bien arrivé. Ryan demanda que je l'ouvre directement, mais je voulais être bien assise avant de voir ce fameux verdict. De retour dans la chambre, nous nous assîmes sur mon lit. J'ouvris petit à petit ce courrier blanc avec le logo de l'université et de l'académie de Bordeaux.

« *Mademoiselle Vita Landa, nous sommes ravis de vous annoncer que votre candidature pour l'échange scolaire auprès de la Howard University* a été acceptée. »

Quel bonheur ! La *Howard University* faisait partie des HBCU (Historically Black Colleges and Universities) qui étaient des établissements secondaires réservés aux descendants d'esclaves africains. Certaines d'entre elles acceptaient désormais quelques Caucasiens.

Ryan cria de joie comme si c'était de lui qu'il s'agissait. Il me sauta dans les bras, ce que je trouvai désagréable.

« Vitaaaa !!! Tu l'as eue ! Tu as réussi ! »

Je restais silencieuse.

« Mais qu'est-ce qu'il y a ? Tu n'es pas contente ?

— Si, si ! Dieu a écouté mes prières, Ryan », dis-je en essuyant mes larmes.

Il voulut me serrer à nouveau dans ses bras, mais il savait que je n'étais pas une adepte des câlins. Mon seul regard suffit pour l'arrêter dans son élan. De bonne humeur, il alla acheter quelques amuse-gueules et de la boisson pour fêter cette nouvelle. Je profitai de son absence pour appeler Papa et lui annoncer la nouvelle.

Bien évidemment, Papa fut très surpris et n'en revenait pas. Il était fier de moi. Sa fille qui irait étudier dans une grande université américaine était comme un rêve pour lui. Et mieux encore, il n'aurait rien à débourser pour ce projet. J'avais un très bon dossier scolaire et, connaissant ma situation, l'assistante sociale s'était battue afin que j'obtienne une bourse au mérite en plus de ma bourse sociale. Papa en eut les larmes aux yeux. Ashanti me dit que je représentais son modèle et que j'étais une battante comme Maman. Je rêvais de pouvoir aider Papa financièrement et de permettre aussi à Ashanti de venir étudier auprès de moi. Nous passâmes presque une heure au téléphone. Leur bonheur était mon bonheur.

ALIKA

« J'ai appris que même si j'avais des douleurs, je ne devais pas en être une. »

Maya Angelou

C'était la dernière année du lycée. Joe et moi étions toujours dans la même classe. Je l'ignorais. Et mon ignorance creusait sa culpabilité envers moi. Un jour j'étais assise à la bibliothèque lorsque je le vis s'avancer vers moi.

« Qu'est-ce que tu me veux ? Tu veux encore me mettre dans ton lit, c'est ça ? criai-je.

– Doucement, Alika… Je dois te parler.

– Quoi ? Tu veux parler de quoi ?

– Je sais tout, Alika… Je sais pourquoi tu es agressive et pourquoi tu ne vas pas bien. Il prit une inspiration et poursuivit. Je sais que tu t'es fait violer plusieurs fois par des hommes et ça, depuis que tu es plus petite. Et je sais que ta mère ne t'a jamais crue. »

Je sentis des larmes monter. Je ramassai mes affaires et partis en courant. *Qui avait bien pu lui dire ? Comment savait-il tout ça ? Il n'a pas le droit de toucher à cette partie de ma vie ! Non, il n'a pas le droit.*

Toutes ces phrases défilaient dans mon esprit pendant que je me dirigeais vers les toilettes. Je m'y enfermai et me mis à pleurer. Cela faisait longtemps que je n'avais pas pleuré. J'avais mal. J'eus l'impression qu'en une minute, Joe était parvenu à me confronter à ce que je m'obstinais à cacher et à oublier depuis presque toute une vie. Je restai en larmes dans ces toilettes durant presque deux heures. Je finis par m'endormir. Un bruit soudain de chasse d'eau me réveilla brusquement. Je pris mon sac et sortis. Joe était à l'entrée. Il m'avait attendu. Je pressai le pas, essayant de le dépasser.

« Je ne te laisserai pas partir tant qu'on n'aura pas discuté », dit-il.

Je fondis à nouveau en larmes dans ses bras. Qu'est-ce qui m'arrivait ? Pleurer dans les bras d'un homme et manifester tant de vulnérabilité ne me ressemblait pas. J'avais du mal à comprendre ce qui m'arrivait; je ne me contrôlais plus. Mon âme cherchait certainement à être libre. Je pris conscience que c'était une hérésie d'avoir cru que le fait de manipuler les hommes me redonnerait ma liberté et comblerait mes blessures. La triste vérité étant que je m'étais engouffrée dans un sentiment de dégoût et une perte d'humanité. Joe et moi sommes allés nous asseoir sur une marche d'escalier.

« Comment tu as su tout ça ?

– J'ai prié pour toi !

– Humm, dis-je avec un sourire narquois.

– Oh, j'ai réussi à te faire sourire ! Cette date est à noter dans les archives !

– Joe, ne commence pas. J'ai cessé de croire en Dieu, lui répondis-je en hochant la tête et en serrant mes dents. C'est dur pour moi de croire qu'il y a un Dieu et que j'ai eu à subir tant d'horreurs. J'ai perdu ce qu'une femme a de plus précieux et qu'elle garde pour son mari. Et Dieu n'était pas là pour l'empêcher.

– Et c'est ce même Dieu en qui tu as cessé de croire qui te parle aujourd'hui. »

– Il marqua une pause et reprit en soupirant :

– « Alika, Il connaît tes peines et tout ce qu'Il veut aujourd'hui, c'est guérir ton cœur et te donner un avenir plus glorieux.

– Peut-être… Moi je veux juste comprendre pourquoi Il a laissé cela arriver.

Mes larmes recommencèrent à couler. Joe me prit dans ses bras et je me mis à sangloter. La douleur que je ressentais était intense. Cinq minutes plus tard, toujours dans ses bras, il me dit :

– Alika, Dieu t'aime et moi aussi je t'aime. »

Wouah ! Après dix-huit ans de vie, entendre une telle déclaration était pour moi un choc !

Sans demander mon avis, Joe se mit à prier pour moi.

« Père céleste, je te remercie de nous avoir gardés en vie et de m'avoir permis de croiser le chemin d'Alika. Je te prie de panser ses blessures, d'essuyer ses larmes, de lui manifester ton amour infini et surtout, de lui rappeler la signification de son prénom. Rappelle-lui que Tu lui as pardonné son passé et effacé ses iniquités. Dis-lui qu'elle est une belle créature, une femme au destin divin et qu'à travers elle, d'autres retrouveront la guérison. Je te dis merci, car aujourd'hui est le commencement d'un nouveau jour pour elle. Je déclare qu'elle réussira dans toutes ses entreprises et qu'aucune de ces insanités ne lui arrivera à nouveau, parce que désormais Tu es au contrôle de sa vie. Merci pour sa délivrance. C'est dans le nom de ton fils Jésus le Christ que j'ai prié. Amen !

— Amen. Tu penses vraiment que Dieu va m'entendre si je prie ?

— Il n'attend que ça ! Allez, à ton tour !

— Dieu…, balbutiai-je en pleurant de nouveau. Pardonne-moi, je t'en supplie ! S'il te plaît, pardonne-moi ! Je veux juste que Tu me pardonnes et que Tu m'aides à oublier tout ce qui s'est passé. Je veux apprendre à m'aimer. Je veux être libre ! »

Je pleurai encore quelques minutes et mes genoux finirent par fléchir. Je ressentis soudain une force, un amour m'envelopper. Je n'avais jamais ressenti ce type d'atmosphère auparavant. Un calme me saisit. Je reçus une paix. Cette paix que j'avais perdue depuis plusieurs années. Maintenant, je la retrouvais.

« Merci, Jésus pour ta présence, lâcha Joe. Tu sais, Alika, quand Dieu a créé l'homme, Il lui a donné le libre arbitre, la capacité de choisir entre le bien et le mal. Dieu ne s'ingère dans les affaires des hommes que lorsque l'on fait appel à Lui. Et surtout, Il a donné la responsabilité aux parents d'être un peu comme une sorte de parapluie pour leurs enfants. C'est comme si aujourd'hui, je te confierais un téléphone avec son mode d'emploi. Je te préciserais qu'il faut surtout éviter les zones humides ou l'exposition à l'eau. Mais toi, tu déciderais de faire autrement. Si le téléphone tombait en panne, le problème ne serait pas ma faute, mais ton manque de gestion. La seule chose que moi je pourrais faire dans ces cas-là, c'est de réparer les dégâts sur ce téléphone. C'est exactement ce qui se passe quand on est parent. Le parent a pour rôle de protéger et non d'exposer. Et toi, tu as été malheureusement exposée, mais c'est parce que tes parents n'ont pas su vers qui se tourner totalement. Mais aujourd'hui, Dieu a décidé de réparer ces dégâts dans ta vie. »

Joe avait 20 ans. C'était un « *born-again* [7] » qui s'était rangé dans les voies divines depuis trois ans, après une ancienne vie tumultueuse, selon ses dires. Je compris pourquoi dès notre première rencontre; j'avais senti de la pureté et de l'innocence en lui, mais ma chair n'avait vu en lui qu'une proie à saisir. Après cette séance de prière, il m'invita dans son église. Ce que le pasteur dit ce jour-là me donna l'impression qu'il lisait en moi comme dans un livre ouvert. Je ne pus résister et décidai de m'intéresser à ce Dieu en qui ils croyaient tous; je pris la décision de Lui laisser une chance en acceptant de croire en Lui.

---

[7] Individu qui estime avoir vécu une régénération d'ordre spirituel par le Saint-Esprit en conséquence de sa repentance et de sa réconciliation avec Dieu.

VITA

« Si nous sommes appelés à être le sel de la Terre, nous devons sortir de la salière. Sors de ta zone de confort et élargis ton territoire ! »

TD Jakes

Ryan obtint son Master 2 et reçut une offre d'emploi à durée indéterminée à la banque de France. Entre-temps, je repris contact avec Laura. Elle s'excusa auprès de moi sans m'expliquer la raison de son comportement. Néanmoins, je décidai de garder une attitude aimable à son égard. Si nous voulons changer la méchanceté du monde, la meilleure arme est l'amour. Rien d'autre. Ni la rancœur, ni la vengeance, ni l'orgueil n'arrangeront les choses. La vie est bien plus belle quand on aime, et sans raison. Bien qu'elle cherchât à nouveau cette proximité que nous avions par le passé, je choisis de ne plus lui dire mes secrets. Elle ne savait donc pas que je m'en allais. J'avais su établir mes limites et grandir en discernement, comprenant qu'aimer mon prochain n'exigeait pas toujours la familiarité. Je devais être sage dans le choix de mes confidents et de mes confidences. Le plus important était de garder mon cœur libre de la rancune et de la désolation.

Le jour du départ arriva. Ryan m'aida à faire mes valises et nous empruntâmes un taxi pour l'aéroport. Je partais pour deux années et qui sait, peut-être pour la vie. Je voyais la tristesse dans ses yeux. Nous avions passé tant de temps ensemble que mon départ ressemblait à un sevrage. Il allait me manquer et je savais que je lui manquerais aussi.

« Je suis fière de toi, Vita. Je t'ai vue te battre pour obtenir tes papiers, te battre pour ton école malgré toute la négativité de ta famille, enchaîner les cours du soir en anglais pendant cinq mois pour te perfectionner avant ta rentrée. Sans compter ton travail de femme de ménage. Tu es exceptionnelle. Je sais que le Dieu que tu pries saura guider tes pas là où tu iras et tu réussiras. Je n'ai aucun doute. »

Je l'écoutais attentivement et chaque mot qu'il prononçait me touchait d'une manière particulière. Il est vrai que Ryan était celui qui m'avait soutenu depuis notre rencontre. Il n'avait jamais réellement galéré comme moi, mais souffrait de ne pas avoir connu son père.

« Tu sais que je te porte dans mon cœur. Mais d'une manière bien particulière, Vita. Je suis triste de te voir partir, mais je sais qu'il le faut. »

Je le serrai dans mes bras pour la première fois, en lui disant simplement merci. Il fut surpris par cet acte, car je n'avais jamais été tactile avec lui. Cet homme avait supporté mes humeurs, mes larmes, mes fatigues, en l'espace d'un an et demi. Il s'était réjoui pour moi et m'avait encouragée lorsque je faiblissais. J'eus quelques fois l'impression qu'il était l'ange que Dieu avait mis à mes côtés. Au moment de nous quitter, il me remit une épinglette sur lequel était écrit *I love you*. Je pris soin de l'accrocher sur ma veste et le laissai.

J'appelai Papa et Ashanti une fois installée dans l'avion.

« Vee ? Tu n'as pas peur ? demanda Ashanti. »

— Je n'ai plus peur de rien. C'est un autre challenge que je suis prête à relever.

— C'est bien ma fille, dit Papa. Tu vis réellement l'essence même de ton prénom. Pouvons-nous prier avant que ton avion décolle ?

— Oui bien sûr. Je suis dans l'avion, je te laisse élever la voix.

— Pas de soucis. Prions. Seigneur, Ta parole est vérité. Tu as dit que tu es le Père des orphelins et malgré les difficultés dans la vie de ta fille, Tu aplanis toujours ses sentiers. Aujourd'hui, je veux encore te dire merci pour tout ce que Tu fais pour elle. Merci pour ce que Tu ne permets pas non plus et merci pour tout ce que Tu lui réserves là où elle s'en va. Révèle-toi davantage à Vita. Et je te demande de mettre les bonnes personnes sur son chemin et de l'éloigner des mauvaises compagnies qui pourront la corrompre. Elle est bénie et je déclare sur sa vie qu'elle réussira brillamment. C'est dans le nom de Jésus que nous avons prié. Amen.

— Merci la famille. Je vous aime. Vous allez encore plus me manquer avec le décalage horaire.

— Ah oui, c'est vrai qu'on aura une différence de six heures maintenant, ajouta Ashanti.

— Ne t'inquiète pas. On s'arrangera pour que rien ne change dans nos fréquences de communication, conclut Papa.

— OK. Bon, on va décoller bientôt. *Love you.*

— On t'aime aussi. Bon voyage et n'oublie pas de nous appeler quand tu arriveras, répondirent Ashanti et Papa en chœur.

— Sans faute. »

Il était 14 h 15 lorsque l'avion décolla. Mon vol n'était pas direct. Nous fîmes escale à Amsterdam avant de voler vers Washington DC. Arrivée à ma destination, Imani, l'amie de Ryan viendrait me chercher pour me conduire à ma chambre universitaire.

À 23 h 15, l'avion atterrissait à l'aéroport de Washington Dulles. Le voyage fut paisible. Après quinze heures de vol, je posai les pieds sur une nouvelle terre : les États-Unis d'Amérique. Je parvins à l'étape de la douane, réputée longue et fastidieuse. Les agents me posèrent tout un tas de questions sur les raisons de ma venue à Washington. L'interrogatoire était si intense, que j'en arrivais à douter par moment de mes propres réponses. Je réussis finalement à braver cette étape.

Le nouveau chapitre de ma vie pouvait enfin commencer.

ALIKA

« C'est ainsi que mon Père céleste vous traitera, si chacun de vous ne pardonne à son frère de tout son cœur. »

Luc, le docteur

Une année s'écoula après ce fameux moment de prière avec Joe. Je travaillais toujours à me pardonner, à pardonner aux autres et surtout, à me valoriser. Ce ne fut pas chose facile, car pendant longtemps, j'avais tenu mon corps pour coupable de toutes les insanités que j'avais subies.

Joe ne me lâchait pas. Bien que nous n'étions plus dans la même école, il m'appelait tous les midis afin de prier pour moi. À l'église, on m'attribua également un mentor, Dorothée. Elle était chargée de m'aider à croître spirituellement.

Un dimanche, après le culte, Dorothée et moi avons entamé une conversation.

« Tu sais Alika, pour avancer dans ta vie, il est important que tu pardonnes. Chaque jour, à ton réveil, fais le choix de pardonner.

C'est difficile, je sais. Mais tu as reçu l'amour de Dieu qui te donne cette capacité de le faire et de dire dans ton cœur : je vous pardonne messieurs, je te pardonne Maman, je me pardonne moi aussi, Alika ! »

Je restai silencieuse. Elle poursuivit.

« Le pardon est une puissance qui libère. Maintenant que tu sais que Dieu t'a pardonné, reçois ce pardon et donne-le aux autres.

— J'ai compris. Merci. »

Ce jour-là, Maman était de repos. Je décidai donc d'aller la voir pour discuter. « *Seigneur Jésus, je suis terrifiée à l'idée d'aller parler à Maman. Je t'en prie, aide-moi ! Donne-moi la force et le courage. Dispose son cœur. Je ne veux pas qu'elle m'insulte ou me rabroue. Je ne supporterai pas une douleur de plus.* »

Je la rejoignis au salon où elle se trouvait et m'assis devant elle.

« Maman ? Je dois te parler !

— Qu'est-ce qui se passe ? demanda-t-elle en se redressant.

— Je ne sais pas par où commencer, balbutiai-je.

— Mais commence par le commencement ! »

Elle me fixa un moment du coin de l'œil et reprit :

« Tu es enceinte ? Ne me dis pas que tu es enceinte, hein, parce que tu ne resteras pas sous mon toit ! Tu avais déjà commencé à accuser les gens ici de vouloir te violer… »

Je regardai par terre, les larmes dans les yeux.

« Mais parle, non ?! Tu pleures pourquoi ?

– J'ai besoin que tu me pardonnes et j'ai besoin de te dire que je te pardonne Maman, dis-je en essuyant mes larmes.

– Tu me pardonnes, mais je t'ai fait quoi ?

– OK, laissons tomber. »

Je retournai précipitamment dans ma chambre, complètement confuse. J'avais pourtant prié pour que tout se passe bien. Assise sur mon lit, je me remis à prier : « *Seigneur pourquoi ! Je me sens si seule dans ce combat. Aide-moi, je t'en supplie. C'est Toi qui veux que je pardonne, alors aide-moi !* »

Maman ouvrit brusquement la porte de la chambre.

« Je peux savoir pourquoi tu pleures ?

– Non, ce n'est rien, ça va aller, répondis-je en me pressant d'essuyer mes larmes et de me calmer.

– Non, mais un être humain ne pleure pas pour rien. Quoique, chez les blancs, on pleure pour rien. »

Chez certains peuples africains, les pleurs ne sont permis qu'en cas de deuil. Exprimer ses émotions fut longtemps très mal vu, car ceci s'apparentait à un signe de faiblesse. Alors, on nous apprit à tout supporter, à enfermer en nous ces sentiments et émotions pouvant nous rendre vulnérables. Et s'il nous arrivait d'être trop sensibles ou trop émotionnels, les gens disaient que nous nous comportions « *comme les blancs* ».

Maman s'assit à mes côtés sur le lit avec un air attentif.

« Donc, vas-y je t'écoute.

— OK, dans ce cas, j'ai besoin que tu m'écoutes sans m'interrompre, s'il te plaît.

— Humm…

— Ça fait de nombreuses années que je vivais avec une douleur qui me tuait à petit feu. J'avais essayé de t'en parler, mais tu n'as pas voulu me croire. Tu te rappelles Tonton Tchor ?

— Ah, j'ai le droit de te répondre au moins ? Oui, je me souviens de cet escroc.

— Il m'avait fait des attouchements en mettant son doigt dans mon vagin et en touchant ma poitrine.

— Alika !!!! Mais qu'est-ce qui t'arrive ? cria Maman en mettant ses mains sur sa tête. Pourquoi tu ne m'as jamais dit ça ?

— J'avais attrapé une infection, mais je n'ai jamais eu le courage d'en parler. J'avais honte. J'avais peur. »

Je me tournai vers elle pour la regarder en face.

« Il y a eu aussi trois sous-locataires, dont oncle Akofo, qui ont profité de ton absence pour me toucher. Cette fois, ce n'était pas que leurs doigts. Ils m'ont violée et jusqu'à aujourd'hui, je ne sais par quel miracle je ne suis pas tombée enceinte, et n'ai pas attrapé une MST. J'en avais tellement marre que j'ai décidé de me venger. »

Je baissai les yeux et poursuivis.

« Alors, j'ai fait exprès de séduire les autres sous-locataires pour les pousser à l'acte. Notamment, le tonton pakistanais qui avait quitté soudainement la maison. Maman je suis désolée… J'ai fait entrer quelques hommes durant ton absence et j'étais satisfaite de voir qu'ils s'en voulaient d'avoir des rapports sexuels avec moi. Je voulais me venger. »

À la fin de ma phrase, j'attendais de la compréhension et de l'empathie de la part de ma mère. Je reçus, avec surprise, une belle et grosse gifle.

VITA

« Les hommes me disaient que c'était impossible pour moi, petit à petit, les choses ont commencé à changer. »

Cassi Kalala

Comme convenu, Imani vint me chercher à l'aéroport. Ryan lui avait envoyé ma photo afin qu'elle me reconnaisse. La porte de sortie à peine franchie, j'entendis crier mon nom : « *Vita ! Par ici !* ». Jeune Rwandaise au teint noir ébène, Imani avait de longs cheveux noirs crépus et les yeux bridés comme ceux des Asiatiques. Son sourire, marqué par ses grandes dents blanches, ne passait pas inaperçu.

« *Welcome darling*, me dit-elle avec beaucoup d'enthousiasme et en me prenant dans ses bras.

— Bonjour Imani, répondis-je timidement.

— Comment vas-tu ? Comment a été ton voyage ?

— Long et fatigant, mais sinon ça va. Je suis contente d'être ici.

— Ne t'inquiète pas. On va rentrer se reposer. Donne-moi ton chariot, je vais t'aider à le pousser. »

Je ne discutai pas et lui donnai le chariot. Imani m'expliqua qu'elle m'avait attendue pendant deux heures, car elle croyait que j'arrivais à 21 h. Ryan s'était trompé et lui avait indiqué un mauvais horaire. Je me sentais coupable et mal à l'aise qu'une inconnue se retrouve à perdre deux heures de son temps à cause de moi.

Arrivées dans le parking de l'aéroport, nous chargeâmes les bagages dans le coffre de sa Jeep. Je fus agréablement surprise de voir qu'une jeune femme de son âge conduisait ce style de véhicule, mais je gardai cette réflexion pour moi.

« Vita, étant donné qu'il est minuit passé, je propose que tu dormes à la maison et demain matin, on ira sur le campus. C'est OK ?

— Heu… d'accord. Je te suis. Tu habites loin du campus ?

— Non à quinze minutes en voiture. Mais sois tranquille, je ne vais pas t'emmener dans des endroits bizarres.

— Il n'y a pas de souci », répondis-je avec un petit sourire.
En toute honnêteté, je me sentais mal à l'aise d'aller chez Imani, bien qu'elle fût une amie de Ryan. Mais je n'eus pas d'autres choix; il se faisait tard, et surtout, j'avais choisi un studio non meublé. Je remis simplement mon sort à la divine providence.

Imani habitait à quarante-cinq minutes de l'aéroport, près du centre-ville de Washington DC. Ryan m'avait informée qu'elle était fille de diplomate et venait d'une famille assez aisée. Mais, il ne m'avait pas dit qu'elle était aussi une « *born-again*[11] ».

Sur le trajet vers sa maison, je ne pus apercevoir grand-chose. Nous étions environnées par la nature et la lumière des lampadaires était faible. Nous discutâmes et elle m'expliqua les choses élémentaires à faire pour une bonne intégration sur cette terre nouvelle pour moi. Elle me raconta son parcours et les difficultés rencontrées à son arrivée aux États-Unis pour ses études. Elle habitait à Washington DC depuis le lycée et avait vécu un racisme « *anti-africain* » la première année de sa scolarité. Le fait de voir des noirs l'intimider ou la rabaisser était vraiment le plus dur pour elle. D'ailleurs, elle rentrait souvent en pleurant alors ses parents avaient dû l'envoyer dans un lycée français.

« Tu es ici pour l'école. Ne laisse personne t'égarer avec les nombreuses *party*, car crois-moi, il y en a beaucoup ici », me conseillait-elle.

Je l'écoutais silencieusement et attentivement.

« Ryan m'a un peu expliqué ton vécu et tout ce que je peux te dire c'est n'oublie pas d'où tu viens. N'oublie pas le chemin que tu as parcouru jusqu'ici. Et surtout, n'oublie pas tes objectifs. J'insiste là-dessus, car ici il y a énormément de distractions. Si tu n'es pas disciplinée avec toi-même, tu peux te retrouver à échouer *for real*. Or, toi, l'immigration américaine t'a à l'œil. »

J'aimais les conseils qu'Imani me donnait. Même si c'était déjà mon état d'esprit, cela me faisait du bien de l'entendre d'une personne sur place.

Après presque une heure de route, nous arrivâmes chez elle. Elle vivait dans une résidence privée de haut luxe, comprenant deux immeubles de quatre étages avec piscine, terrain de basket, et terrain de tennis. Son spacieux appartement était situé au 3e étage, à la sortie de l'ascenseur. La cuisine était ouverte sur le salon et les deux chambres avaient chacune leur salle de bain et toilettes. Un grand balcon se trouvait au niveau du salon et elle y avait installé une table, deux chaises et du faux gazon. À cette période de l'année, les températures étaient très agréables pour passer du temps à l'extérieur. De son balcon, on pouvait voir quelques palmiers qui enjolivaient l'espace.

Imani me montra le lieu où j'allais dormir cette nuit. J'occuperais la deuxième chambre dont le balcon donnait sur la piscine et d'où je pouvais apercevoir plein de luminaires au loin. La vue était splendide. Imani prit soin de déposer deux serviettes blanches, du savon, ainsi que de la crème pour le corps dans la salle de bain. Je fus touchée par son accueil. Elle mit aussi des chaussons, des chaussettes et une robe de chambre sur le lit *queen size* recouvert de draps beiges.

« J'ai fait à manger, des pâtes bolognaises et, en entrée, il y a des chips avec du guacamole. Quand tu auras fini de te débarbouiller, rejoins-moi au salon.

— C'est gentil, Imani. Je te remercie. »

Il était 1 h 30 à Washington et 7 h 30 au Cameroun. Je pouvais appeler Papa sans avoir peur de le réveiller. Je m'assis sur la chaise qui se trouvait en face du lit et composai son numéro.

« Ah, Dieu soit loué ! Tu es bien arrivée ! J'étais inquiet, Vita.

— Oui, je suis bien arrivée. Là je t'appelle avec mon numéro français donc je suis en train de faire un hors forfait.

— OK, OK. Mais tu es où, là ?

— Chez l'amie de mon ami dont je t'avais parlé. Elle est venue me chercher à l'aéroport et m'a amenée chez elle, vu qu'il se faisait tard pour aller au campus.

— Ah OK. Fais attention à toi, ma chérie, s'il te plaît. Sois prudente. Ashanti te salue.

— Oui Papa, embrasse-la aussi pour moi. Je te laisse. Bisous. »

Je suis allée me laver et enfiler la robe qu'Imani m'avait prêtée. Je profitai aussi de cet instant de solitude pour envoyer un message à Ryan afin de le remercier pour tout. Après ma douche, je rejoignis Imani au salon. Nous avons dîné ensemble et je pus remarquer que c'était une fille bavarde. Je l'étais moins. Pour cause, cela faisait à peine cinq heures que je l'avais rencontrée. Je ne la connaissais pas. Toutefois, elle restait une jeune femme très aimable, généreuse et accueillante.

Le lendemain arriva et il fut temps pour moi de rejoindre le campus. Cependant, Imani insista pour que je reste chez elle. Elle m'expliqua que ça lui faisait du bien d'avoir de la compagnie à la maison, d'autant plus que nous étions deux jeunes filles du même âge et qu'elle était certaine que l'on s'entendrait bien. Elle ne me demanderait pas de participation, car elle connaissait ma situation. J'étais touchée par sa proposition, mais je ne me sentais pas à l'aise de rester chez une inconnue. Je déclinai donc jusqu'à ce qu'elle me fasse un cours détaillé du coût de la vie à Washington DC. Il était vrai que selon les calculs, je ne parviendrais pas à avoir beaucoup d'argent de poche. Moi qui m'étais résolue à ne plus habiter chez une tierce personne, je me retrouvais à réfléchir de nouveau à cette éventualité.

Je demandai à Imani de patienter, car je devais m'entretenir avec mon père. Avant d'appeler ce dernier, je contactai Ryan pour lui en parler. Il trouva l'idée géniale et essaya de me convaincre que cela m'aiderait à épargner. Il n'avait pas tort. Cependant, sans pouvoir l'expliquer, je trouvais anormal qu'une inconnue me propose une si grande aide. Par ailleurs, Ryan ne manqua pas non plus l'occasion de me réitérer sa demande d'être mon futur fiancé. Une fois de plus, je refusai gentiment. Je n'étais pas prête pour ça.

Après l'entretien avec mon père, je conclus de décliner la proposition d'Imani et d'aller au campus. Imani comprit et accepta mon choix.

Avant d'arriver à l'université, nous passâmes d'abord par une agence téléphonique pour me prendre une nouvelle puce. Cela tombait à pic, car je voulais changer de numéro afin de n'être joignable que par mes proches. Sur le chemin, je découvris une très belle ville, propre et lumineuse. Je pus apercevoir la boulangerie PAUL sur la Pennsylvania Avenue. Cette ville, dont les bâtiments n'étaient pas très hauts, me rappelait le charme de Paris. Il y avait un léger courant d'air qui baignait l'atmosphère et je prenais un malin plaisir à pencher ma tête à l'extérieur de la voiture. À ce moment-là, je me sentais libre des pleurs, libre du mépris, libre de l'oppression, libre de la maltraitance. En effet, cet air qui soufflait sur mon visage et faisait voler mes cheveux me donnait un sentiment de liberté, de renouveau et de paix.

« Vita ! Qu'est-ce que tu fais là ? C'est dangereux ! cria Imani. Tu vas te prendre une amende.

– Oh, désolée, dis-je en ramenant ma tête à l'intérieur du véhicule.

– Pas trop stressée par ce nouveau départ ?

– Non », répondis-je en secouant la tête.

Après dix minutes de conduite, nous arrivâmes à la fameuse Howard University. Imani stationna son véhicule sur le parking du campus. Celui-ci était grand et rempli de voitures de toutes marques, en majorité des 4 × 4.

« Bienvenue à notre très chère école : *Howard University* », cria Imani sur un ton solennel. « Je suis sûre que tu vas aimer ton séjour ici. »

Nous avançâmes vers le centre administratif et après avoir effectué toutes les démarches, je reçus les clés de mon studio, mon emploi du temps scolaire et la fiche des différentes activités auxquelles je pouvais m'inscrire. Un des agents m'expliqua que le sport était un bon moyen d'obtenir une bourse. Autant profiter de ce nouveau départ dans toutes les sphères de ma vie !

Le bâtiment dans lequel j'allais vivre se trouvait assez loin de l'administration et je remarquai, lors de notre marche, que la nature était très présente. De grands arbres et de vastes pelouses vertes bien tondues s'imposaient dans le décor du campus. Le soleil au rendez-vous faisait briller ces herbes. Près de mon immeuble se trouvait un terrain de basket-ball où huit jeunes hommes noirs jouaient. L'un d'eux me fit un clin d'œil en tapotant son ballon. Il portait un maillot de sport de couleur jaune et bleu avec le mot *Savage* inscrit dessus.

À cet instant, Imani me dit de ne jamais lui donner l'occasion de me draguer. Il s'appelait Jordan. C'était l'un des jeunes hommes les plus convoités et reconnus pour être assez volage. Elle ajouta que certaines personnes se demandaient s'il n'avait pas déjà contracté le VIH à cause du style de vie qu'il menait. Jordan faisait partie des garçons les plus populaires du campus et officiait très souvent comme DJ lors des fêtes scolaires et parascolaires. Je pouvais donc comprendre l'engouement des filles à son égard. Il était grand, musclé, barbu et coiffé avec des *waves* [8]. Il avait un teint chocolat et un sourire qui ne laissait pas indifférent. Une chose est sûre, je m'en rappellerais.

---

8   Style de coiffure en forme de vagues.

ALIKA

« Que pouvez-vous faire pour promouvoir la paix dans le monde ? Rentrez chez vous et aimez vos familles. »

Mère Teresa

« Alika ! Alika ! Héé !! criait Maman en levant ses yeux au ciel. Seigneur, ça, c'est quelle malédiction ? Alika, tu es folle ? Tu as fait entrer des étrangers chez moi ? Tu as pensé à tes petits frères ? Tout ça pour avoir ton petit plaisir ? »

L'écouter dire de telles choses fut comme un poignard dans le dos. Une rage monta soudainement en moi.

« Et toi, tu étais où ? Tu étais où pour protéger ces petits frères dont tu parles ? Hein ? Tu n'as pas honte de laisser des mineurs avec des hommes dans la maison ! Tout ce qui t'importe, c'est ton argent ! Si ça n'avait pas été moi, ça aurait été Ama ! Irresponsable que tu es ! »

Je pleurais de colère.

« Tu étais où quand cet homme a menti sur toi pour m'attirer, MOI, dans cette maudite chambre ? Tu étais où quand il prenait plaisir à mêler les parties intimes de son corps aux miennes ? Tu étais où quand je pleurais pour qu'il me lâche, quand j'essayais de me débattre pour que ce corps étranger se dégage de mon corps ? Une mère cupide et aveugle qui n'en a que faire de la protection de ses enfants ! lâchai-je en la fixant du regard.

— Je t'interdis de me parler sur ce ton ! cria-t-elle.

— Si ! Maman je te parle comme je veux ! Tout ça, c'est ta faute !

Une deuxième gifle marqua ma joue.

— Mais vas-y ! Tue-moi tant que tu y es ! Je suis la fille de la honte, n'est-ce pas ?! La prostituée de la famille ! Hein ? C'est ça que tu penses ? »

Maman sortit brutalement de la chambre. Ma seule envie après notre dispute était de fuguer. Je ne voulais plus la voir. Elle me répugnait; et pourtant, j'avais bien eu la volonté de lui pardonner. Mais cette fois, elle avait dépassé les bornes.

J'attendis que tout le monde soit endormi pour prendre mes affaires et partir chez Dorothée qui habitait à trente minutes en bus de la maison. Chez elle au moins, j'étais en sécurité. La paix et le calme qualifiaient parfaitement l'atmosphère de sa maison. Une sensation de guérison et un baume d'amour accueillaient tout individu entrant dans l'appartement. C'était tellement agréable.

Je m'installai au salon. Elle me rejoignit dans la pièce.

« Tu sais, le chemin de la réconciliation n'est pas toujours lisse comme on le souhaite. Mais il faut persévérer.

— Oui, mais là c'est mort avec cette dame.

— Rectificatif ! C'est ta Maman ! Ce n'est pas UNE dame.

Elle a ses défauts, elle n'est peut-être pas ce que tu veux qu'elle soit, mais elle reste ta Maman. »

Elle posa une assiette de fruits sur la table devant moi et poursuivit.

« Tu sais, ta mère n'est pas ton ennemie. Et je veux te donner ces trois règles :

Règle numéro 1 : Vous avez un ennemi commun, l'adversaire, le diable. Personne d'autre.

Règle numéro 2 : Dans toute relation, on gagne toujours quand on combat avec l'amour et l'humilité. Je dis bien, TOUJOURS ! Bon je dois t'avouer que quelquefois, on a le sentiment d'être la personne faible, mais en vérité, on devient remarquable quand on agit ainsi.

Règle numéro 3 : Si tu veux qu'une personne change, sois patiente avec elle. Et parfois, ça peut vouloir dire attendre son changement durant de nombreuses années. Il faut être patient en priant pour elle et en espérant qu'un jour, ça se manifeste. Car l'amour croit et espère tout. Alors, commence à prier pour ta Maman ! Prie aussi pour ton Papa, car je sais que tu lui en veux beaucoup. Notre Dieu est le Dieu des familles. »

Dorothée et ses jolies phrases bibliquement conçues ! Bien que ce soit vrai, ce qu'elle disait était assez compliqué à appliquer. Nous avions prié pour ma relation avec Maman, ma relation avec Dieu et ma paix intérieure. Elle voulait que je rentre tôt chez moi pour ne pas avoir d'ennui avec Maman. Elle me rappela que, quel que soit le type de parent que j'avais, je me devais de toujours les honorer et les respecter.

Ma nuit fut paisible et, à mon réveil, j'étais plus que déterminée à mettre en pratique ce que Do me m'avait conseillé la veille.

J'arrivai à la maison et tout le monde était encore endormi. Je pris l'initiative de concocter un vrai petit-déjeuner pour que nous mangions en famille. Cela faisait bien longtemps que l'on ne s'était plus retrouvés tous ensemble, car tout allait mal à la maison. Henri séchait les cours, Ama devenait de plus en plus insolente. Sadie, quant à elle, ne parlait jamais et il était difficile de savoir ce qu'elle pensait.

J'avais bien envie de changer l'atmosphère de ce foyer. Et même si Papa, Inaya et Malia me manquaient, je voulais que nous retrouvions notre unité familiale.

J'allai faire les courses avec les trente euros que Dorothée m'avait donnés. Au menu : des avocats, des œufs brouillés, du bacon bien croustillant, des croissants, des pains au chocolat, du jus de fruits, du pain, des fruits, de la limonade, des tartines, et des crêpes. Les paroles de *Brighter day* de Kirk Franklin résonnaient dans l'appartement : « *I never knew I could be so happy! I never knew I could be secure Because of your love, life has brand new meaning It's gonna be a brighter day, brighter day tutututuuu!!* »

En effet, pour moi c'était un jour nouveau. Je me sentais plus forte et j'avais pris la décision que plus rien ne m'enlèverait ma paix. En prononçant les paroles de cette chanson, je me sentais davantage aimée, reconnaissante, car j'avais la conviction que nous passerions une belle journée en famille.

Maman entra lentement dans la cuisine en frottant ses yeux.

« Alika, tu ne dors pas à cette heure ?

— Bonjour Maman ! Bien dormi ? répondis-je en baissant le volume de la musique.

— Bof ! dit-elle en soupirant et en tirant une chaise pour s'asseoir. Tu sais ma fille, je n'ai pas pu dormir cette nuit à cause de ce qui s'est passé hier. »

J'arrêtai complètement la musique.

« La première fois que tu m'as parlé de cette histoire d'attouchements, j'ai refusé de le croire pour plusieurs raisons. La première est que nous avons eu cet appartement grâce à la belle-sœur de mon ami du Ghana, qui est aussi le cousin d'Akofo. Si j'acceptais ce que tu me confiais, on se serait retrouvés à la rue. Tu sais qu'en Afrique, parler d'agressions sexuelles dans une famille est très délicat. Surtout si ça concerne une personne importante de la famille. La deuxième raison est que si je décidais de te croire, j'aurais tout de suite su que j'en étais la cause ! Car, comme tu l'as dit, quelle mère laisse ses enfants seuls dans une maison avec un étranger ! Et je ne voulais pas porter cette culpabilité. C'est horrible. »

Elle prononça ces derniers mots en essuyant les larmes sur son visage.

« Maman, ne pleure pas s'il te plaît ! Ça y est, c'est passé !

— Je te demande pardon, Alika ! Pardonne-moi ! Je m'en veux tellement pour ce qui t'est arrivé. »

Ma mère, une grande femme africaine remplie de fierté, venait de me présenter ses excuses ! Cet acte devait entrer dans les annales.

« Maman, je te pardonne ! Et je te demande aussi pardon, car je n'aurais jamais dû m'adresser à toi sur ce ton. Et regarde, aujourd'hui nous allons déjeuner ensemble comme une famille unie. C'est le symbole de notre nouveau départ.

— J'ai décidé de chercher un nouveau travail. Je veux avoir du temps pour vous. Vraiment, mes enfants, je vous aime et je n'accepterai pas de vous perdre après tout ce que nous avons vécu ensemble.

— Moi aussi je t'aime, Maman ! »

Je t'aime ! Cette expression était comptée parmi les mots tabous dans ma génération. Trois mots, mais pas si simples à dire ! Alors, durant cette conversation avec ma mère, je compris que Dieu avait répondu à mes prières. Nous passâmes un très bon moment en famille. Je suggérai qu'on aille se balader au parc tous ensemble. Ceci étonna agréablement mes frères qui, depuis longtemps, me voyaient comme une personne violente et aigrie.

La vie est loin d'être comme une image. Elle est plutôt comme un film durant lequel on assiste à l'évolution des protagonistes. Ils changent, ils grandissent, ils évoluent. Et je venais de réaliser que nous avions nous aussi, comme à la fin du film, droit au bonheur. Car demain nous attend.

VITA

« Je suis toujours si étonnée de voir à quel point il est facile d'impacter la vie d'une tierce personne. »

Oprah Winfrey

En entrant dans le bâtiment, on pouvait sentir le neuf. Il venait d'être rénové et les murs à l'intérieur étaient blancs. L'espace de l'accueil occupé par la gardienne, Roxa, était suffisamment spacieux pour contenir une vingtaine de personnes. Roxa, une femme corpulente d'origine mexicaine, parlait anglais, espagnol et chinois. C'était la première fois que je rencontrais une Mexicaine et Imani m'informa que je devais être prête à rencontrer toutes sortes d'origines, ici.

Nous empruntâmes l'ascenseur. Le bâtiment comptait quatre étages et mon studio se situait au troisième. Chaque étage avait dix portes. Certaines cachaient des studios partagés, d'autres des studios simples comme le mien, ou encore de simples chambres. Après avoir passé ma carte d'entrée, j'ouvris la porte et fus accueillie par le soleil qui resplendissait dans la pièce. Celle-ci était très spacieuse et mesurait légèrement plus du double de mon studio en France. À droite de la porte d'entrée se trouvait une petite cuisine ouverte avec un mini bar intégré et un réfrigérateur. J'avais souscrit à l'option « non meublé » pour pouvoir décorer cet espace à ma convenance. Après avoir déposé mes valises, je décidai d'aller faire un tour sur le campus afin de bien m'imprégner des lieux. À la sortie du bâtiment, nous croisâmes à nouveau le fameux Jordan.

« Tu es nouvelle ici, n'est-ce pas ? demanda-t-il.

– Oui, elle est nouvelle et laisse-nous tranquilles ! » lui répliqua sèchement Imani.

Je comprenais qu'elle voulait me protéger, mais je n'étais pas d'accord avec son attitude. J'essayai donc de rattraper le coup.

« Salut, oui, je suis nouvelle, répondis-je sur un ton plus agréable.

– Ah ben, toi au moins tu es polie ! »

Imani me tira en chuchotant qu'on avait mieux à faire que de discuter avec lui, que le temps était précieux et qu'on ne devait surtout pas le gaspiller pour des gens qui n'en valaient pas la peine. Sa réaction me surprit et je me demandai comment une personne qui parlait de Dieu tous les jours pouvait parler ainsi. Et, comme si elle avait lu dans mes pensées, elle me lâcha un : « Tu dois aimer tout le monde, mais tu ne peux pas accepter les amitiés de tout le monde. »

Nous fîmes le tour du campus en une heure et demie. Puis, nous décidâmes d'aller m'acheter un lit, étant donné que je n'avais aucun meuble. Une fois l'achat effectué en boutique, il me fallait attendre le lendemain après-midi pour la livraison du matelas. Ceci signifiait donc passer une nuit de plus chez Imani, qui n'hésita pas à exprimer sa joie par de grands sourires mettant en exergue son rouge à lèvres bleu. J'aimais bien cette nouvelle copine, mais j'avais hâte de me retrouver seule dans mon propre espace.

Le jour suivant, j'entrai enfin dans mon appartement. J'emménageai petit à petit et la rentrée arriva rapidement. Les cours se passaient bien. Je comprenais très bien l'anglais et j'en étais assez fière. Imani et moi n'étudiions pas les mêmes filières et n'étions pas au même niveau. Elle faisait un Master II avec une spécialisation en sciences politiques. Je la croisais donc rarement.

Le premier trimestre s'acheva et mon intégration se déroulait bien. J'étais toujours en contact avec Ryan via FaceTime et les réseaux sociaux. Après tout ce qu'il avait fait pour moi, je me demandais comment le remercier.

Un soir du mois de mars, nous avions un *chilling* [9] chez une fille de ma classe, Rosy. Je m'apprêtais donc à m'y rendre et décidai de prendre un Uber, car j'avais du retard. Je montai dans le véhicule, un 4×4 d'un noir ciré. Le chauffeur s'appelait Luc Lesage. Nous commençâmes à discuter et il me raconta qu'il avait vécu au Bénin et était sorti avec une très belle jeune femme pendant longtemps. Ils avaient habité ensemble et s'étaient séparés juste avant la naissance de leur fils. Il n'avait jamais pu la retrouver. Son histoire me sembla très familière. Pendant qu'il parlait, j'eus le réflexe d'aller regarder dans ma conversation WhatsApp avec Ryan pour voir si j'avais toujours la photo de sa mère. Il m'en avait envoyé une d'elle plus jeune pour me montrer à quel point elle était belle. Bingo ! La photo était là. Au feu rouge, j'interpellai le chauffeur et lui montrai la photo. Sa réaction fut extraordinaire. Il s'empressa de stationner la voiture sur le côté, m'arracha le téléphone et se mit à crier. Je n'en croyais pas mes yeux. Cet homme, le père de Ryan ? On se mit à discuter au point d'oublier que j'allais chez Rosy. Je lui montrai les photos de Ryan et leur ressemblance ne laissa aucun doute. À ma grande surprise, ce monsieur se mit à pleurer. Il m'expliqua qu'il souffrait de ne pas avoir de famille.

---

9   Temps de détente durant lequel on mange, boit, écoute de la musique et discute.

Il avait divorcé d'une femme après sept ans de mariage sans enfant et avait perdu son travail du jour au lendemain. Après l'obtention de sa nationalité américaine, il avait déménagé de Boston vers Washington pour reconstruire sa vie. Il essayait désormais de s'en sortir en travaillant comme chargé de clientèle à la banque et chauffeur Uber. Il voulut en savoir plus sur son fils, alors je décidai de prendre son numéro de téléphone pour le contacter après en avoir parlé avec Ryan.

Monsieur Lesage m'offrit la course. Arrivée chez mon hôte, je m'excusai pour le retard d'une heure que j'avais accusé. Rosy était la cousine du fameux Jordan. C'était une métisse Afro-Américaine-Libanaise, de parents très aisés. Sa maison, un triplex de quatre chambres, comprenait trois salons assez spacieux pour contenir une centaine de personnes. J'ignorais qu'il existait de si grandes maisons en occident.

La soirée se passait à l'extérieur, près de la piscine où des chauffages portatifs avaient été installés. Des guirlandes lumineuses enjolivaient le jardin et la musique jouait non-stop. Des sièges confortables étaient posés autour de la piscine; et sur le côté se trouvait une table sur laquelle étaient disposés boissons, apéros et mets cuisinés.

J'aperçus alors Jordan qui s'approchait de moi.

« Tu veux que je te fasse faire un tour ? C'est comme chez moi ici.

— Non merci, c'est gentil, lui répondis-je toute mal à l'aise.

— Sois tranquille, je ne vais rien faire de mal. Pourquoi tu es aussi dans ton coin ? Même à la fac, tu ne te mélanges pas. Enfin, il n'y a que Rosy qui a réussi à percer ta bulle. »

En effet, Rosy m'avait confié un jour que Jordan avait eu le coup de foudre pour moi. Elle avait également admis que bien que son cousin n'eût pas la meilleure réputation, elle sentait son attitude différente à mon égard. Mais conscient de l'influence des propos d'Imani sur moi, il évitait de m'approcher de peur de se faire recaler. En effet, depuis les avertissements d'Imani, j'essayais de me tenir loin de Jordan. En outre, j'étais à Washington pour les études et non pour les amourettes.

Je restai donc sur mes gardes et ne répondis pas. Il me demanda s'il me dérangeait et poursuivit.

« Ouais, je comprends. Tu as entendu des choses sur moi. OK. Mais on peut être amis au moins ?

– Je ne comptais pas t'offrir plus, tu sais !

Il se mit à rire.

– Ce n'est pas pour rien que tu jouis d'une réputation de coureur de jupons et de briseur de cœurs, rétorquai-je sur un ton sarcastique.

– Waouh ! Quelles étiquettes ! Donc c'est ce que tu penses de moi ?

– C'est ce que les gens qui te connaissent pensent de toi.

– Et qui t'a dit que c'était vrai ?

– Il n'y a jamais de fumée sans feu, monsieur Johnson.

– Ah ben, au moins tu connais mon nom de famille.

– Nous sommes dans la même classe. »

Nous passâmes une agréable soirée à rire et à faire des jeux qui permirent de mieux nous connaître. J'appréciais le moment, mais avais hâte de rentrer et d'appeler Ryan pour lui raconter ma découverte. Jordan proposa de me raccompagner. J'acceptai à contre-cœur, après avoir reçu un coup de coude de Rosy.

Dans la voiture, je restai plutôt silencieuse. Je ne fuyais pas la conversation avec Jordan, mais je me sentais fatiguée et pensais beaucoup à Ryan. Jordan essaya d'en apprendre davantage sur moi et posa des questions sur ma vie en France ainsi que les raisons qui m'avaient poussée à quitter le Cameroun. Je lui répondais de façon superficielle, ne voulant pas m'ouvrir plus. Je tentai ensuite à mon tour de cerner un peu mieux son caractère.

« Qu'est-ce que tu as fait de si mal pour qu'on te colle une étiquette aussi pourrie ?

— Ce n'est pas tout le monde qui pense ce qu'on te raconte, tu sais.

— Ce n'est pas une réponse.

— Tu sais dans la vie, on fait tous des bêtises. Et je reconnais que j'en ai fait. »

Il conduisait lentement comme s'il ne voulait pas qu'on arrive à destination. Je fus tout aussi surprise lorsqu'il s'ouvrit à moi et raconta comment il avait manqué de respect aux filles. Il les avait trompées et ne s'était pas privé d'avoir des relations sexuelles avec celles qui lui paraissaient accessibles. Cette attitude lui procurait un sentiment de pouvoir. Il reconnut qu'il était antipathique, nombriliste et expert dans l'art de retourner les situations à son avantage, même les plus folles. Toutes les histoires que Jordan me racontait ne me donnaient absolument aucune envie de l'avoir comme prétendant ou ami. Le savoir aussi méchant avec la gent féminine m'était insupportable et je me dis qu'il avait certainement besoin de délivrance. Puis, il ajouta :

« Tout récemment, ma petite sœur a connu une déception amoureuse. Quand elle me parlait de cet homme, j'avais l'impression qu'elle me décrivait moi-même et j'en avais honte. Ma sœur se laisse difficilement affaiblir par ce genre de choses, mais je voyais sa peine et je ne savais pas quoi lui dire pour la consoler. J'étais bien conscient que je me comportais de la même façon avec les filles. Ç'a été une claque pour moi. Elle me voyait comme son modèle, mais je ne pouvais l'être si je me comportais comme l'homme qui la faisait pleurer et perdre l'appétit. »

Je l'écoutais silencieusement parler. Son discours commençait à être intéressant. Il disait avoir pris la décision de changer. Je me rappelai dès lors cette pensée populaire qui dit qu'un homme qui trompe trompera toujours. N'était-ce pas là un système de pensée laissant croire que même Dieu ne pouvait réparer le produit qu'Il avait Lui-même fabriqué ? N'était-ce pas une sorte de condamnation ne laissant aucune chance à l'autre de devenir la meilleure version de lui-même par sa volonté ? Sans savoir pourquoi, je décidai de croire Jordan. Il me paraissait sincère, mais je ne baissais pas ma garde. En outre, je lui demandai s'il avait déjà demandé de l'aide. Je compris à sa réponse d'où venait le problème. Plus jeune, il avait été abusé par un de ses oncles, diacre à l'église, mais personne ne l'avait jamais cru. Pour Jordan, si Dieu n'avait pas été capable de lui rendre justice, c'est qu'Il n'en avait que faire de sa vie. J'appréciai le moment que nous passions. Je lui promis une autre séance de thérapie sur un ton narquois, blague à laquelle nous avons ri aux éclats. Jordan me remercia de l'avoir écouté et je le remerciai de m'avoir conduite à bon port.

Arrivée sur le campus, je courus dans ma chambre. Il était 4 h 30 du matin, donc 10 h en France. Je pouvais appeler Ryan.

« Vita ! Content de te voir, se réjouit Ryan en décrochant mon appel vidéo. Tu es resplendissante ! D'ailleurs, que fais-tu maquillée et habillée comme ça à 4 h du matin ?

— Je viens de rentrer d'une soirée, lui dis-je, toute souriante.

— Mais ce n'est pas dangereux de traîner dehors la nuit là-bas ?

— T'inquiète, c'est un camarade de classe qui m'a ramenée.

— Un ? Le fameux Jordan ?

— Orrrh Ryan ! Tu ne vas pas faire ton jaloux !

— Si tu m'as déjà remplacé, n'hésite pas à me le dire. »

J'avais parlé de Jordan à Ryan le premier jour où je l'avais croisé. Ryan m'avait conseillé de suivre les recommandations d'Imani. Je me demandais si c'était par jalousie ou par souci réel pour ma sécurité. Nous avons discuté de tout et de rien pendant plus de quarante-cinq minutes. Ryan était devenu mon meilleur ami et nous ne pouvions passer plus de trois jours sans nous appeler. De mon côté, cet attachement commençait à se transformer en un sentiment plus qu'amical, que je refoulais. Bien que Ryan m'eût clairement déclaré ses intentions et souhaits, il restait pour moi un ami et un frère. Je m'interdisais de franchir cette ligne pour notre bien-être. Toutefois, je pouvais comprendre sa réaction lorsque je lui parlais d'un autre homme.

J'en vins ensuite au sujet qu'il me tardait tant d'aborder. Sans trop savoir comment annoncer la nouvelle à Ryan, je lâchai : « *Je pense que j'ai retrouvé ton père* ». Bien évidemment, cette phrase résonna comme une bombe pour lui. Il se redressa et demanda une explication. Nous étions le 1er avril; il espérait que mon annonce n'était pas une blague. Je lui répondis que non.

Je racontai donc à Ryan les détails de ma rencontre avec son père, et lui envoyai la photo de profil WhatsApp de monsieur Lesage. Il fut sous le choc de leur flagrante ressemblance. Un silence s'installa et je craignis de le voir pleurer. « Un homme ne pleure pas », dit-on. Pour ma part, je voyais les hommes comme des êtres humains aussi sensibles que les femmes, dont les larmes ne restreignaient pas la virilité et qui avaient le droit d'être vulnérables.

Après quelques secondes, Ryan me dit : « *Je te rappelle* », et raccrocha sans que j'aie le temps de répondre. Quinze minutes après qu'il eut raccroché, mon téléphone sonna. C'était monsieur Johnson qui m'envoyait un message pour s'assurer que j'étais bien chez moi. Il tenta d'entamer à nouveau une conversation, mais nous fûmes interrompus par l'appel de Ryan. Ce dernier m'informa que sa mère avait confirmé que l'homme sur la photo était bien son père. Selon Ryan, la nouvelle fut un bouleversement pour sa mère qui ne pensait pas que ce jour arriverait. Il me demanda le numéro de son père, et je m'empressai de le lui donner.

Les jours passèrent et je revis Jordan plusieurs fois. Il venait souvent jouer au basket et je pouvais l'apercevoir de mon balcon. Une fois, il me fit signe et je descendis le rejoindre. On s'est assis sur la pelouse, à l'arrière du bâtiment. La thérapie continua et je m'attachais à lui sans m'en rendre compte. Sa beauté ne m'aidait pas non plus et sa vulnérabilité me touchait particulièrement. Il me raconta son enfance, les scènes qu'il avait vécues et qui l'avaient marqué négativement. J'essayais de l'amener à se confier de nouveau sur les attouchements qu'il avait subis, mais il refusa et s'excusa de m'en avoir parlé. Sans demander son avis, je me mis à chanter ce chant de Kirk Franklin, « *I smile, even though I hurt see I smile, I know God is working so I smile, even though I've been here for a while, I smile* ». Tout à coup, je l'entendis me rejoindre : « *Oh oh oh you look so much better when you, you look so much better when you smile.* ».

« Je ne savais pas que tu la connaissais, lui dis-je en souriant.

— C'est l'hymne de ma mère. J'y ai droit tous les matins !

— Elle s'y connaît alors en musique, à ce que je vois. »

Nos regards se sont croisés et nous nous sommes mis à rire. Je riais beaucoup avec lui. C'était bizarre. On m'avait dit que je devais faire attention à lui. Toutefois, plus je le fréquentais, plus je découvrais une personne très sensible, blessée et qui avait besoin d'être réparée. Nos discussions étaient profondes. On abordait les sujets des relations, de la politique, du rôle de l'église dans la société, de l'actualité, et il réussissait à me faire parler de mon vécu. L'une de nos conversations porta sur l'importance de l'empathie qui nous rend responsables les uns envers les autres; faire aux autres ce qu'on aimerait qu'on nous fasse et apprendre à se mettre à la place de l'autre.

Jordan avait ce caractère égocentrique qui le poussait à ne jamais prendre en considération les sentiments des personnes face à lui. Il voyait toujours les choses selon son angle et n'essayait jamais de comprendre le ressenti de la personne qui pouvait lui faire un reproche. Je pris son cas très au sérieux et priai pour lui, nuit et jour. Il avait besoin de Dieu. Après l'un de ses entraînements de basket, je lui proposai de prier avec moi et il accepta. Le dimanche suivant, je réussis à le convaincre de m'accompagner à l'église. Il apprécia tant le culte, qu'il s'inscrivit au groupe de maison pour un suivi.

Une fois, Rosy me demanda si j'avais enchanté son cousin, car elle ne le reconnaissait plus. Il devenait de plus en plus posé et réfléchissait davantage à ce qu'il voulait réellement dans la vie. Selon elle, ce fait était flagrant depuis que Jordan passait du temps avec moi. Elle me confia également qu'il m'admirait beaucoup et me trouvait différente. Elle ajouta que quand il me voyait, il ne pensait pas à m'amener dans son lit, mais ressentait le besoin de me protéger. Il me trouvait ravissante physiquement et davantage de l'intérieur.

C'était la première fois, semblait-il, qu'une fille réussissait à faire sortir Jordan de sa zone de confort. Pour ma part, il s'agissait plutôt de « *réussir à percer sa carapace* ». Et j'y étais parvenue, probablement parce que je ne lui avais pas fait la cour ou formulé tous les éloges auxquels il était accoutumé avec les autres filles. Ou peut-être parce que lorsqu'il avait tenté de m'embrasser, je l'avais repoussé. Ce qui était certain, c'est que Jordan avait une attitude différente avec moi parce que je voulais le respect et le lui imposais à ma manière.

Notre proximité empiéta sur le temps que j'accordais à Ryan, ce qui déplut à ce dernier. Lors d'une conversation téléphonique, ce dernier menaça de ne plus me parler si je ne choisissais pas entre lui et Jordan. Il m'était impossible de faire un choix entre les deux, alors j'essayais de tempérer les choses. Aussi, Ryan projetait de venir aux États-Unis pour rencontrer son père et nous étions censés nous revoir. Je me trouvais en bien mauvaise posture : d'une part, je m'étais attachée à Jordan et de l'autre, je refoulais ces sentiments étranges qui commençaient à naître pour Ryan. Cette situation me mettait mal à l'aise et me rendait confuse. Je promis à Ryan qu'on parlerait de « *nous* » lors de sa visite à Washington.

Entre-temps, submergée par ses examens, Imani donnait peu de nouvelles. Elle venait de rencontrer un jeune homme qui lui avait fait comprendre qu'il l'épouserait. C'était le neveu de son pasteur, réputé pour son service à l'église et son caractère généreux. L'essentiel pour moi était de voir Imani heureuse. Bien évidemment, je ne lui racontai rien de mon rapprochement avec Jordan. Ryan savait également qu'il ne devait rien enn' dire mot; ce que je confiais de ma vie privée devait rester un secret.

Quelques jours avant l'arrivée de Ryan à D.C., Imani m'appela pour donner son opinion sur ma relation avec ce dernier. Elle expliqua qu'elle me voyait en couple avec Ryan. Selon elle, le manque de foi de son ami était dérisoire et je pouvais l'amener à Jésus si je le voulais. Mais je ne partageais pas son avis.

Lorsque Ryan atterrit, il fut hébergé par Imani les premiers jours et s'installa ensuite chez son père. Les retrouvailles entre le père et le fils furent pleines d'émotions et véritablement mémorables. Monsieur Lesage avait également prévenu les membres de sa famille et certains réussirent à faire le déplacement pour rencontrer Ryan. Celui-ci fut heureux de découvrir des oncles et cousins dont il ne soupçonnait pas l'existence. Ryan passa la majeure partie de son séjour à rattraper le temps perdu avec sa famille.

Dix jours s'étaient écoulés depuis son arrivée à Washington, et nous nous étions vus seulement deux fois. Je profitais donc pour passer du temps avec Jordan. Ma relation avec ce dernier devenait elle aussi bizarrement ambiguë. Il connaissait Ryan comme mon meilleur ami, mais ne croyait aucunement en l'amitié fille-garçon. En l'occurrence, je lui donnais raison.

La veille de son départ, Ryan passa à mon appartement. Ce fut le jour du *real talk*. Nous fîmes le tour de l'université et je le présentai à mes camarades présents sur le campus durant les vacances d'été. Arrivés devant le terrain de basket et alors que nous remontions au studio, Rosy m'aperçut au loin et cria : « *eh future madame Jordan Johnson* ». Je rougisseais. Ryan se tourna vers moi en murmurant : « *Ah d'accord ! je ne savais pas que vous étiez déjà dans les préparatifs de festivités* ». Je saluai Rosy et m'empressai d'entrer dans le bâtiment pour prendre l'ascenseur.

Assis sur le tabouret du bar, Ryan soupira.

« Il n'y aura donc pas de « nous », conclut-il sans introduction.

– Non, mais Ryan, attends ! »

Dans mon esprit, plusieurs questions se bousculaient : *pourquoi demandais-je à Ryan d'attendre si je ne voulais pas d'une relation différente de l'amitié avec lui ? Est-ce que j'essayais de me mentir à moi-même ?*

« Écoute ! Je suis perdue, Ryan.

– C'est bien parce que tu es perdue que je te dis qu'il n'y aura pas de nous. Car si ce n'est pas une évidence pour toi, alors pas besoin d'aller plus loin.

— Ryan, tu es mon meilleur ami et je ne veux pas qu'une relation amoureuse détruise notre amitié.

— Ah parce que tu penses déjà que ça ne fonctionnera pas entre nous ?

— Ce n'est pas ce que je dis. »

Il s'avança vers moi, prit mes mains et colla son front sur le mien.

« Mademoiselle Landa, j'ai appris à vous connaître, à vous supporter, à vous écouter, à vous voir péter vos câbles. Vous m'avez appris ce qu'est la persévérance, l'amour, le pardon, et à toujours viser plus haut. Je suis littéralement tombé amoureux de vous et même si nous ne partageons pas la même croyance divine, je n'imagine pas une autre personne à mes côtés pour faire ma vie. »

Des larmes se mirent à couler. Je me sentais si faible devant lui, mais surtout je ressentais un amour pur, une sorte de sécurité. Je ne voulais pas le blesser ni le décevoir. Encore moins le perdre. Je levai mes yeux vers lui et pendant quelques secondes, nous nous regardâmes dans les yeux. Soudain, il m'embrassa et je ne pus le retenir. Ma situation venait d'empirer.

Le soir même, Jordan m'écrivit et je ne sus quoi lui répondre. Notre relation avait tellement évolué que j'eus l'impression de le tromper. La vérité est que je n'avais pas été totalement honnête avec lui. En effet, je ne lui avais jamais parlé des sentiments de Ryan à mon égard ni de la profondeur de mon attachement à ce dernier. Clairement, je n'envisageais pas de lui raconter ce qui était arrivé ce soir. J'essayai de me déculpabiliser en me disant que, de toute façon, nous n'étions pas officiellement ensemble, mais je me sentais sale et redevable.

Je décidai donc de m'adresser à Dieu pour m'excuser d'avoir enfreint ma propre règle du « *bisou dans le mariage* », et pour régler cette cacophonie émotionnelle qui me rendait si déloyale envers Jordan. Je priai pour avoir la sagesse de faire le bon choix : Ryan, le fils d'une ex-prêtresse vaudou qui ne croyait pas en Jésus, mais était convaincu que nous invoquions le même Dieu; ou Jordan, le chrétien déçu que Dieu était en train de restaurer ?

Je me demandai ensuite ce que je voulais pour ma vie et sur quelles bases je souhaitais fonder ma relation.

Je savais Ryan capable de me demander en mariage le jour même où j'accepterais d'officialiser notre relation. Mais étais-je prête à fonder ma vie de famille sur deux bases différentes ? Pour moi, le Dieu que mes parents m'avaient présenté représentait la fondation de tout projet de vie. Ce point était essentiel, nécessaire et vital, et je ne pouvais faire l'impasse dessus. Je ne voulais pas mettre au monde des enfants élevés par des parents avec des avis divergents sur les éléments fondamentaux d'une vie. Pour moi, l'harmonie était primordiale. La réponse n'a pas tardé. Elle était douloureuse, mais elle était là.

ALIKA

> « *Ne mourez pas dans l'histoire de vos blessures passées et de vos expériences passées. Mais vivez dans le présent et l'avenir de votre destin.* »
>
> Michelle Obama

Maman me confia qu'elle souffrait de la séparation d'avec Papa et n'arrivait plus à gérer ses émotions ni son comportement. L'aigreur l'avait gagnée et elle en pâtissait. Le fait que sa belle-famille avait imposé une autre femme dans la maison, avec le consentement de Papa, fut très insupportable pour elle. Elle ne comprenait pas comment son mari avait pu la trahir après toutes ces années passées ensemble.

« Comment as-tu fait pour te sortir de toute cette souffrance ? me demanda Maman.

– J'ai rencontré Jésus !

– Non, mais Alika, plus sérieusement ?! dit-elle en me regardant.

– C'est vrai ! Je suis sérieuse.

– D'accord, raconte ! »

Je lui racontai tout ce qui s'était passé avec Joe jusqu'à maintenant. Elle sentait elle-même que quelque chose en moi avait changé. Surtout, quand je lui fis ce petit bisou sur la joue.

« Et il devient quoi, ce fameux Joe ?

— On n'est plus dans la même école, mais on va à la même église. On a gardé un bon contact !

— Je suis fière de toi, ma chérie.

— Je suis fière de t'avoir comme Maman, dis-je en la prenant dans mes bras. Tu as fait les choix que tu pensais bons pour nous. Dimanche, on va à l'église ensemble ?

— Vu comment tu es aujourd'hui, j'aimerais bien rencontrer ce fameux Jésus. J'ai l'impression que ce n'est pas le même que je connais hein », ajouta-t-elle en riant.

Il y avait maintenant cinq ans que je fréquentais cette église. Cinq ans que j'avais décidé de laisser entrer Jésus dans ma vie comme Sauveur et Seigneur personnel. Quatre ans que j'étais passée par les eaux du baptême. Je ne regrettais absolument pas ce choix. Tout le monde disait : « Alika, tu resplendis de joie et paix ! » Joe aussi le confirmait. Mes frères et sœurs aimaient la personne douce que j'étais devenue. Ils disaient que je les étonnais et prenaient plaisir à m'accompagner à l'église tous les dimanches.

Je pardonnai à tous ces hommes. Ma mère et moi portâmes plainte contre ceux qui m'avaient violée, et même contre ceux que j'avais manipulés. Maman estima qu'en tant qu'adultes, il était de leur responsabilité de repousser mes avances. Pour elle, je n'étais qu'une enfant qui ne réalisait pas l'ampleur de ses actes. Mais je me sentais aussi coupable, d'une part, d'avoir été provocatrice. Je pensais même à m'excuser auprès de ceux-là, en me disant que ça m'aiderait à faire la paix avec moi-même. Quand j'expliquai ça à Maman, elle me prit pour une folle. Et pourtant je ressentais ce besoin de faire totalement la paix avec mon passé, pour un futur meilleur.

La police ne réussit qu'à coincer deux hommes, dont le fameux oncle Akofo. Ce dernier, en situation illégale, fut ensuite rapatrié et interdit de territoire en France. Lors de l'audience, je m'approchai de l'autre homme qui fut sous-locataire à la maison afin de lui dire que je lui pardonnais.

Avec la persévérance dans la prière, l'atmosphère changea radicalement à la maison. Henri était redevenu plus sérieux en cours et était d'ailleurs le plus brillant de sa promotion. Ama aussi était redevenue cette fille respectueuse. Sadie, elle, restait toujours aussi silencieuse. Je doutais que ce silence fasse partie de sa personnalité ; il cachait forcément quelque chose. Quant à Maman, elle arrêta deux de ses emplois et avait décidé de se concentrer plus sur ses enfants. Je m'en réjouissais, notamment parce que j'allais quitter la maison dans quelques mois.

En effet, Joe m'avait demandée en mariage et nous allions fonder notre famille. Cet homme était fier de savoir que je serais celle avec qui il passerait le reste de sa vie. Il admirait mon évolution et était heureux d'avoir été le canal par lequel Dieu m'avait tendu et tenu la main. Nous étions donc en pleins préparatifs. L'excitation se faisait sentir du côté des deux familles. Les parents de Joe me traitaient réellement comme leur propre fille et son Papa prit la place de ce père qui nous avait abandonnés. Nous avions choisi une cérémonie très simple, en vue d'épargner pour nos projets futurs Notre liste de mariage comptait environs cent quinze invités. La plupart étaient des personnes proches de Joe, car j'avais peu d'amis ici. Je tentai de joindre Papa pour lui faire part de l'événement, souhaitant de tout mon cœur que ce soit lui qui me conduise à l'autel. J'avais du mal à concevoir que nous fussions sans nouvelles de lui et des filles depuis tant d'années.

Je n'étais pas une fidèle utilisatrice de Facebook, mais un jour, alors que je m'ennuyais, j'y fis un tour. J'eus l'agréable surprise de voir un message d'Inaya dans ma messagerie privée. Je me mis à crier, puis j'appelai Maman et les autres, tout émue.

Je lus : « *Alika ? Tu n'as pas de photo de profil, mais je sais que c'est toi, car il n'y a pas deux Alika Agbon. Comment tu vas ? Nous, ici, ça ne va pas trop. Maman Adjowa ne me traite pas bien. Elle me frappe souvent pour rien, et mamie Ina habitait aussi avec nous avant de rentrer au village avec Malia. Est-ce qu'on se reverra un jour ?* »

Maman commença à pleurer. Elle savait qu'en quittant le Ghana, les filles ne vivraient pas dans les meilleures conditions. Mais n'étant pas leur mère biologique, elle n'avait pu les emmener avec elle. « Je dois trouver un moyen de les revoir et de les faire venir, dit Maman. Même pour ton mariage, tes sœurs doivent être là. »

Je répondis au message d'Inaya. « *Ma petite sœur chérie !!! Tu ne sais pas à quel point nous sommes tous contents ici d'avoir de tes nouvelles. S'il te plaît, passe-moi ton numéro de téléphone, nous allons t'appeler sur WhatsApp.* »

Parallèlement à l'organisation du mariage, je préparais aussi un voyage aux États-Unis afin de participer à une conférence pour laquelle j'avais été sollicitée, et qui avait lieu dans une semaine.

Joe et moi avions créé une fondation nommée *Nouveau départ*, une signification profonde pour moi et qui représentait mon témoignage. La fondation avait pour mission principale d'être la voix des femmes sans voix, qui n'ont pas l'opportunité de s'exprimer sur les agressions sexuelles et les attouchements.

Entre les préparatifs du voyage et du mariage, je demeurai dans l'attente d'une réponse d'Inaya. Joe se réjouissait de nos retrouvailles et avait hâte de faire la connaissance de ma sœur.

Le jour du départ, je décollai de l'aéroport de Paris Charles-de-Gaulle sans nouvelles d'Inaya; ce qui me tracassa. Mais il me fallait rester sereine, car ma participation à cette conférence consistait à porter la cause de nombreuses femmes vulnérables. Durant le vol, je travaillai une énième fois sur le discours que j'allais prononcer à New York, à la convention annuelle de l'ONU-Femmes. C'était un très beau nouveau défi que la vie m'offrait.

VITA

« Deux valent mieux qu'un. »

L'Ecclésiaste

Le jour de son départ, j'accompagnai Ryan à l'aéroport. Son père, l'un de ses nouveaux cousins et Imani étaient aussi présents. Il me serra dans ses bras avant de s'en aller. Son père s'avança vers moi. « Alors, c'est toi ma future belle-fille ? Il m'a beaucoup parlé de toi et semble très amoureux ! Ne lui brise pas le cœur ! Je compte sur toi. », dit-il en s'en allant. Imani me regarda en murmurant : « La balle est dans ton camp ! »

Les semaines passaient. Je repoussais l'échéance pour ma réponse définitive à Ryan concernant notre relation. Jordan et moi, nous voyions moins, mais cela ne semblait pas le déranger. Il se concentrait davantage sur ses cours bibliques. Son changement d'attitude devenait presque inquiétant pour sa famille.

Le jour de Thanksgiving, Papa m'appela et me confia certaines choses qui m'intriguèrent. Il me dit de faire attention aux personnes à qui je me confiais, car tante Abeni et oncle Laurent étaient au courant de toute ma vie. Ils racontaient que j'étais une fille ingrate, parce que depuis mon arrivée aux États-Unis, je n'avais pas cherché ma famille.

Or, je ne me confiais à personne d'autre que Ryan. Laura et moi n'étions plus en contact depuis mon départ et Imani en savait peu sur moi. D'ailleurs, cette dernière et moi n'étions pas tout à fait proches. Je fus également surprise d'entendre mon père me parler de Jordan, et me demandai si la fuite provenait de Ryan. Celui-ci ne pouvait m'avoir trahie. Je me souvins qu'il avait une connaissance en commun avec Laura; sachant que celle-ci s'était rapprochée de mes oncles. Je respirai un moment et décidai de passer un coup de fil à Ryan.

Ce dernier jura n'avoir jamais partagé des informations me concernant avec une tierce personne. Alors, qui pouvait bien se cacher derrière cette fuite d'informations ? Moi qui ne voulais pas que quiconque soit au courant pour Jordan et moi, c'était mal parti.

Le lendemain, Jordan chercha à me voir pour discuter. C'était un dimanche et, après le culte, nous allâmes dans un café. Il me remercia pour tout ce que je lui avais apporté jusqu'à présent et insista sur le fait qu'il avait un profond respect pour moi. Il m'informa qu'il s'était inscrit à la prochaine session de baptême et tenait absolument à ce que je sois présente. Nous étions en novembre et la transformation de Jordan, commencée depuis le mois d'avril, était réellement extraordinaire. Comme d'habitude, nos moments ensemble étaient toujours empreints de fous rires, de musique et de confidences. Depuis peu, nous étions aussi devenus plus tactiles.

Puis, arriva le moment fatidique où Jordan me déclara qu'il se sentait prêt à commencer une relation sérieuse avec moi. Sans hésiter, je lui répondis positivement et lui avouai ce qui s'était passé avec Ryan. Je lui promis également de clarifier les choses avec ce dernier le soir même. De retour à la maison, j'appelai Ryan et lui annonçai que ce ne serait plus possible entre nous deux. Après cette nouvelle, un froid s'installa entre nous et je pris conscience d'avoir brisé quelque chose.

Le temps passa et à Noël, Jordan décida de me présenter à sa famille. J'étais la première femme qu'il présenterait aux siens et il avait tout le soutien de Rosy.

La veille des présentations, je vis sept appels manqués de Jordan et un message disant : « *Rappelle-moi vite c'est urgent* ». Je pris peur, me demandant si sa famille avait renoncé à me voir. Cependant, j'étais loin de la réalité.

Je rappelai Jordan. Il se trouvait à trente-cinq minutes du campus et me demanda s'il pouvait passer. Il me récupéra chez moi et nous allâmes dans un restaurant italien du coin. J'étais impatiente de l'écouter, car cela avait l'air très important. Il me demanda en premier lieu si les personnes auxquelles je me confiais étaient dignes de confiance. Sa question me sembla étrange et fortement similaire à celle que mon père m'avait posée. Je lui donnai les mêmes réponses qu'à Papa et le pressai d'en venir au fait.

Il m'expliqua alors que tante Abeni avait appelé ses parents pour leur dire de faire très attention à moi. Elle leur avait raconté que j'avais volé les pièces d'identité d'oncle Laurent et falsifié mes documents administratifs afin d'obtenir la nationalité française. Elle avait ajouté que pour preuve, la citoyenneté m'avait par la suite été retirée. Ma tante avait déblatéré un tas d'énormités, disant notamment que je paraissais calme, mais que je m'étais donnée aux hommes pour de l'argent. À la suite de ces propos, les parents de Jordan refusèrent ma présence au dîner de Noël, bien que Jordan aie tenté de leur donner une autre version de l'histoire.

Comment le nom Abeni Dumarchal avait-il pu être cité par un jeune Américain dont les parents n'avaient jamais quitté l'état du district de Colombia ? J'ignorais la réponse. J'avais l'impression de me trouver dans un film. Je craquai et me mis à pleurer. Je n'avais pas raconté toute mon histoire à Jordan. C'était trop long. Mais peut-être était-ce le moment. À cet instant, je pensai à Ryan qui connaissait mes déboires. J'avais perdu mon meilleur ami et je ne savais pas si Jordan me croirait.

Jordan me prit dans ses bras, m'assura qu'il était là et ne me laisserait pas tomber. Cependant, il avait besoin que je lui parle. Je lui racontai donc mon histoire dans les détails, puis il dit simplement : « Tu es une femme forte et je t'admire encore plus. Notre rencontre n'est pas un hasard et je sais que Dieu en est le chef d'orchestre ».

Il entreprit de rester avec moi pour les fêtes. Bien que touchée par l'idée, je le convainquis d'y renoncer afin de ne pas empirer la situation. J'avais acheté de quoi préparer un gratin de courgettes et de pâtes pour ce dîner; ainsi que des cadeaux pour les parents de Jordan. Ce dernier vint récupérer les plats et les cadeaux le 24 décembre dans l'après-midi et les emporta chez ses parents. Seule chez moi ce jour-là, je ne pouvais plus que prier pour une issue favorable.

Imani ne me parlait plus depuis que j'avais rejeté. Elle disait qu'il nous fallait demeurer courtoises l'une envers l'autre; ce qui me convenait. Il restait seulement quatre mois avant ma remise de diplôme et je voulais continuer à aller de l'avant. Jordan se montrait très respectueux à mon égard, et son changement flagrant attirait davantage de filles à lui.

Fatiguée des fausses accusations, je priais ardemment pour que justice soit faite. Quelques semaines plus tard, les parents de Jordan lui avouèrent que tante Abeni avait obtenu leur numéro grâce à l'un de mes amis. La seule personne qui me vint à l'esprit, fut une fois de plus Ryan. Je me rappelai également que le jour de son départ de Washington, Ryan portait une chemise identique à celle de l'homme assis de dos à la fête du 24 décembre chez Laura. Et si c'était vraiment lui ? La colère voulut me saisir, mais je parvins à me contrôler et j'appelai Ryan. Ce n'était plus le grand amour entre nous, mais il me promit qu'il n'avait pas trahi ma confiance. Je lui parlai de la chemise kaki et il avoua qu'il était bien chez Laura ce jour-là. Il y avait été conduit par l'ami qu'ils avaient en commun. Ryan ajouta qu'il ignorait que l'appartement était celui de Laura jusqu'à ce qu'il voie tante Abeni. Il n'avait rien dit par peur de ma réaction. Il jura qu'il n'avait pas parlé de moi à ma tante, puis se décida à faire un aveu. C'était Imani !

ALIKA

« You made beauty from my ashes. »

Calledout Music

Assise là, à la bibliothèque publique de New York sur la 5ᵉ Avenue, vêtue de ma chemise préférée jaune moutarde, je vous raconte mon histoire et peaufine, par la même occasion, mon discours de demain devant la convention. Lorsque je regarde mon parcours, d'où je viens et où je suis aujourd'hui, je me dis que mon Créateur est vraiment celui qui réécrit les histoires.

Le soleil décline lentement dans le ciel de New York alors que je me retrouve entre les rayons garnis de la bibliothèque publique. Le bruit sourd des touches de mon ordinateur et le chuchotement des lecteurs ont rempli mes oreilles tout cet après-midi, mais maintenant, il est temps de prendre une pause et d'aller attendre mon tendre époux à l'hôtel.

« Chers visiteurs, il est 16 h 45, la bibliothèque publique de NYC vous indique qu'elle fermera ses portes dans une heure. »

Je me dépêche de ranger mes affaires et je file hors de la bibliothèque.

À peine la porte ouverte que l'air frais de fin de journée m'accueille, m'invitant à me dégourdir les jambes après des heures passées assise, réfléchissant sur l'impact que chaque mot choisi dans mon discours pourrait avoir sur l'audience. Comme à mon habitude en France, avant de rentrer je choisis de me diriger vers le Café Starbucks le plus proche, situé sur St-Bryant Park.

Plongée au cœur de la foule dans les rues de New York, je reste émerveillée par la hauteur imposante des gratte-ciels qui m'entourent. Comment ont-ils réussi à bâtir des étages aussi hauts ? Cette question me fascine à chaque nouvelle découverte. Les yeux rivés vers le ciel, j'admire ces constructions comme des témoins de l'ingéniosité humaine. Après quelques pas, j'atteins enfin ma destination, un café, le sourire aux lèvres comme une enfant comblée.

En poussant la porte, je suis accueillie par l'arôme enivrant du café fraîchement moulu. Les conversations animées résonnent dans la salle, la plupart des clients absorbés dans leur travail sur leur ordinateur portable. Je m'approche du comptoir où les employés s'affairent avec agilité pour servir la longue file de clients impatients. Je suis captivée par leur précision et leur rapidité. À mon tour de commander ; à peine ai-je fini que j'entends une voix forte m'appeler : «Alika !»

Je me fraye un chemin entre les clients pour récupérer ma boisson, un Mocha blanc chaud saupoudré de cannelle et de caramel, dans un grand gobelet orné de mon nom. La jeune femme derrière le comptoir me sourit en me tendant ma commande, mais ses instructions rapides sont difficiles à comprendre avec mon anglais limité, surtout avec l'accent de la ville. Plutôt que de lui demander de répéter devant la file d'attente, je préfère m'éclipser pour éviter de créer un embouteillage. En sortant du café, je réalise que l'animation de la rue ne s'est pas estompée, confirmant ainsi le surnom de la ville : la ville qui ne dort jamais.

Jour J. Je m'habille d'une magnifique robe verte et choisis un léger maquillage qui s'harmonise avec mes nattes collées. Devant le mirroir, essayant de m'assurer que ma tenue ne présente pas de défauts. J'ai le cœur qui bat, une sensation d'excitation mêlée à une pointe d'anxiété parcourt mon corps. Joe est venu spécialement pour me soutenir et sa présence me fait du bien. Il se joint à moi devant le miroir, me murmurant avec douceur : «Ma chérie, tu es magnifique. Je crois en toi, et je sais que tout se passera parfaitement bien.» Puis, prenant ma main, il nous conduit à nous asseoir sur le lit et me demande de fermer les yeux. Connaissant mon mari, je comprends que c'est le moment de prier. Quinze minutes plus tard, le réveil sonne, rappelant l'heure de quitter l'hôtel pour se rendre à la convention. C'est l'heure. Main dans la main, nous quittons notre chambre, prenons l'ascenseur spacieux jusqu'au hall de l'hôtel, où nous sommes accueillis chaleureusement par notre chauffeur. Son sourire et son geste courtois en ouvrant la portière de la voiture nous mettent à l'aise alors que nous prenons place. Après avoir arpenté des rues bordées par d'imposantes tours, nous arrivons sur le lieu où se tient cette conférence sur les conditions des femmes. Les portes vitrées du bâtiment arborent à leur sommet plusieurs drapeaux de différents pays.. Nous nous présentons à l'accueil où la réceptionniste nous remet notre badge et nous dirige vers l'entrée de la salle.

Joe et moi prenons place dans une pièce impressionnante, contenant près de trois cents personnes ! Des femmes de tous horizons, notamment mes sœurs africaines s'y trouvent. Elles sont remarquables par leurs tenues faites de bazin ou autre tissu ethnique. Les présentations laissent ensuite place au discours d'ouverture de la présidente de la convention. Puis arrive enfin le moment fatidique. La modératrice prend la parole :

« Nous avons le plaisir de recevoir pour la première fois, une jeune femme qui a un parcours poignant et qui se donne corps et âme pour aider d'autres femmes au travers de son association Nouveau Départ. Je vous prie d'accueillir madame Alika Agbon. »

Accompagnée par les applaudissements, je m'avance avec assurance vers l'estrade.

« Je suis Alika Agbon. J'ai 26 ans et j'habite en France, en région parisienne. Je suis fondatrice et présidente de la fondation Nouveau départ, créée par mon fiancé et moi-même. J'ai choisi ce nom, car la mission principale de cette fondation est d'accueillir les victimes d'abus sexuels et de leur communiquer l'espoir d'un renouveau dans leur vie après ces tragédies. Elle est née à la suite d'un vécu qui a longtemps pesé lourd sur mon cœur et à cause duquel j'ai décidé d'être une voix pour ceux qui n'en ont pas. Je viens d'une culture où parler d'agressions et d'attouchements sexuels est encore tabou. Ce sujet demeure sous un silence criant qui se transforme en cancer et qui, peu à peu, gangrène nos émotions, nos sentiments, notre corps et notre psyché. On n'ose pas parler à cause des représailles. On n'ose pas parler, car on sait d'emblée qu'on passera du statut de victime au statut d'accusatrice. Mais aujourd'hui, je viens sensibiliser premièrement nos entourages, en commençant par nos familles. Votre devoir est de protéger votre enfant, d'aimer votre enfant, de croire en votre enfant et surtout, de lui faire confiance. Votre devoir est de veiller sur son bien-être, pas seulement matériel, mais aussi et surtout émotionnel. Le bonheur ne réside pas en seulement en des choses palpables, mais plutôt en des richesses immatérielles. Ce que votre enfant, votre sœur, votre cousine, votre nièce attendent de vous, c'est une écoute et de la confiance. La personne coupable que vous prétendez connaître et couvrir, pourquoi mériterait-elle plus de crédibilité que cette femme qui vous communique sa douleur en vous racontant des faits et des actes que je qualifie d'ignobles ? La personne coupable vaut-elle plus que la victime présumée ? Le terme "victimes" est souvent employé pour catégoriser les femmes qui subissent les agressions sexuelles. Aujourd'hui, j'aimerais vous suggérer un autre terme : "survivantes". Oui ! Pour moi, ces femmes sont des survivantes. Alors, je m'adresse maintenant à vous, mes chères survivantes. Vous avez certainement vécu les pires moments de votre vie, mais vous êtes toujours là. Debout. Espérant. Vous vous battez pour utiliser vos douleurs ou vos souvenirs comme une pierre à l'édifice de votre vie. Ayant été sexuellement abusée à plusieurs reprises et par différents hommes, je sais que la dépression peut être profonde, au point même d'envisager le suicide. Mais vous, vous êtes là. Vous avez survécu à la douleur physique, à la haine, au rejet, à la colère. Malgré tout, vous avez choisi de continuer d'aimer. Il y a de l'espérance pour toute âme qui croit. Aujourd'hui, je suis fiancée à un homme merveilleux, qui partage mes valeurs et qui m'aime inconditionnellement. C'est le fruit de l'espérance. Ne vous découragez pas d'y croire. Un vieux dicton dit : "Après la pluie vient le beau temps". Après les larmes viennent les cris de joie. Aujourd'hui, nous sommes témoins que la vie vaut la peine d'être vécue en dépit de ce parcours sombre. Nous sommes belles; nous sommes fortes; nous méritons le respect; nous sommes des reines. Alors, relevons la tête, réajustons nos couronnes et continuons à nous battre pour des jours meilleurs, car demain nous attend. »

De vifs applaudissements retentissent à nouveau. Ce jour marqua le début d'une autre saison de ma vie.

VITA

« Et, l'Éternel, ton Dieu, a changé pour toi la malédiction en bénédiction »

Deux ans plus tôt, Jordan était sorti avec Imani, mais n'avait rien voulu de sérieux. Leur rupture fut très douloureuse pour Imani qui avait mis du temps à s'en remettre. Et lorsqu'Imani apprit ma relation officialisée avec Jordan, elle eut du mal à l'accepter. Elle pensait que ce dernier se mettait en couple avec une fille qu'il pourrait encore détruire. Par ailleurs, l'annonce de mon rapprochement avec Jordan était arrivée au même moment que la rupture malheureuse entre Imani et le fils de pasteur. Elle l'a donc très mal vécu. Une question demeurait cependant : pourquoi Jordan m'avait-il caché son histoire avec Imani ?

Ma discussion avec Ryan m'éclaira également sur le lien entre les parents de Jordan et tante Abeni. Le fiancé de Laura, Dido, était un des cousins Rwandais d'Imani. Celle-ci lui avait raconté qu'elle avait récemment hébergé une Camerounaise qui lui rappelait beaucoup Laura et avait fourni quelques détails sur moi et ma relation avec Jordan. Dido s'était empressé d'en parler à sa fiancée et la nouvelle était parvenue aux oreilles de tante Abeni. Cette dernière ne supportant pas mon bonheur, elle avait demandé à Dido d'obtenir le numéro des Johnson, les parents de Jordan. Imani le lui avait transmis avec empressement, comme pour me punir d'avoir brisé le cœur de Ryan et accepté les avances de Jordan, malgré ses nombreux avertissements. Ryan, déçu par le comportement de son amie, avait pris ses distances avec elle à la suite de cette histoire.

J'attendis que le 25 décembre soit derrière nous pour demander des explications à Jordan concernant sa relation passée avec Imani. Il m'expliqua que, pour lui, cette histoire n'avait jamais été sérieuse et il ne l'avait pas considérée. Il s'était dit qu'Imani m'en avait fait part, puisqu'elle m'empêchait de m'approcher de lui. Toutefois, il reconnut qu'au regard de la situation actuelle, il aurait dû m'en parler. Je décidais de ne pas lui en tenir rigueur plus que ça.

La nouvelle année approchait. Jordan et moi avons assisté au réveillon de l'église et renouvelé notre vœu de chasteté. C'était notre décision, un prérequis à notre mariage. À ma grande surprise, les parents de Jordan vinrent également et furent forcés de me rencontrer. Ce fut un moment très froid, mais j'avais vécu pire.

Deux mois s'écoulèrent après le réveillon. Les Johnson ne voulaient toujours pas entendre parler de moi. Tante Abeni avait réussi à se rapprocher d'eux et leur racontait toutes sortes de calomnies à mon sujet.

Le 23 mars, jour de mon anniversaire, Jordan vint me chercher et m'emmena dans un restaurant très cosy, situé sur la North West Street. Il y avait un service de voituriers et nous fûmes accueillis comme des personnes privilégiées. Nous nous avançâmes vers la table qui nous était réservée, et je remarquai qu'un couple y était déjà installé. Il s'agissait des parents de Jordan. Ils avaient demandé à me voir. Madame Johnson portait une robe rose clair avec un collier en perles blanches. Elle avait de longs cheveux frisés et paraissait très stricte. Son époux, en pantalon jean et chemise à carreaux, semblait plus détendu. Je les saluai en leur faisant la bise, et ils me souhaitèrent sèchement un joyeux anniversaire. La mère de Jordan entama la conversation.

« Malgré tout ce qu'on a pu entendre sur vous, il y a bien une évidence qu'on ne pouvait plus nier. Notre fils a énormément changé depuis qu'il vous a rencontrée.

– Alors, on s'est juste dit : et si on prenait la peine de discuter avec vous ? ajouta monsieur Johnson. Jordan parle tellement de vous, et Rosy aussi vous fait une bonne publicité. »

Jordan me regarda de côté avec un sourire. C'était plaisant, mais j'étais mal à l'aise, car je ne m'y attendais pas. Ses parents cherchèrent à connaître ma version des faits au sujet de toute l'histoire que tante Abeni leur avait racontée. J'expliquai seulement que tante Abeni et oncle Laurent étaient ma famille, qu'ils avaient fait leur possible pour m'aider ainsi que mon Papa en m'accueillant chez eux. Pour ces raisons, je leur serais toujours reconnaissante. J'ajoutai que je leur avais déjà présenté des excuses pour ce qui les avait déçus me concernant et j'espérais que l'on se réconcilie un jour. Nous passâmes près de trois heures ensemble et l'atmosphère se détendit au fil du temps.

Après ce déjeuner, Jordan m'informa que sa mère avait été tellement touchée par ma douceur et mon intelligence. Elle évita dès lors les appels de tante Abeni afin de ne plus se laisser polluer par de mauvaises informations.

À l'approche de ma remise de diplôme, je préparai la venue de Papa et Ashanti. Cinq semaines plus tard, le jour J arriva. Tout le monde était présent : Papa, Ashanti, les parents de Jordan, sa petite sœur Leandrah et Rosy. Aucun mot ne pouvait exprimer la joie que je ressentis en retrouvant ma famille après tant d'années. Dieu était bon et merveilleux. Après toutes les épreuves que j'avais connues en France, je regrettais de ne pouvoir partager ce moment de joie avec Ryan.

J'avais coloré mes cheveux en marron, coiffé mon afro, et je portais une robe bleue offerte par Jordan pour l'occasion. La cérémonie commença et nous reçûmes nos diplômes. Jordan et moi sortîmes majors de notre promotion. Nous avions nos Masters en poche. Nous fîmes de nombreuses photos. Pendant nos embrassades, je vis Imani au loin et lus la tristesse sur son visage. Je m'avançai vers elle et la pris dans mes bras.

« Je te demande sincèrement pardon, Vita. Je n'ai pas d'excuses à donner si ce n'est que je me suis laissé emporter par la jalousie. Toutes mes félicitations. Et que Dieu se souvienne de toi pour le cœur que tu as.

– Merci beaucoup, Imani. »

Je retournai auprès de la famille. Papa me prit dans ses bras. Il me dit à quel point il était fier de moi et que j'étais un vrai modèle pour ceux qui me regardaient. Il était ému et aurait souhaité que Maman soit là. Ashanti et moi faisions comme des vedettes. Je lui prêtai mon chapeau de diplômée. Après la cérémonie, nous nous rendîmes chez les parents de Jordan, où sa mère avait organisé un repas pour célébrer notre graduation. Quelques amis furent invités à se joindre à nous.

À notre arrivée chez les Johnson, nous découvrîmes une maison encore plus grande que celle de Rosy, avec un immense jardin. Le traiteur avait préparé un buffet avec deux variétés culinaires, une camerounaise et une afro-américaine. Il y avait même du Ndolè et du poulet DG. Ce fut touchant de savoir que nous comptions à ce point. Papa n'en revenait pas : je venais d'être diplômée major d'une des plus grandes universités de l'État, j'avais un entretien pour un poste permanent dans les prochains jours, et j'étais accueillie par une famille si chaleureuse. Sa joie était indescriptible.

Lors du toast, Jordan prit la parole : « Chère famille, chers amis, je suis heureux de vous compter parmi nous pour la célébration de nos masters. Vita, peux-tu t'avancer s'il te plaît ? Je tiens à célébrer la vie de cette femme. Vous êtes nombreux à témoigner de mon changement et à applaudir mes efforts dans mon caractère, mes relations, et mes études. Comme on le dit si bien, derrière un grand homme se cache une grande femme. Elle ne l'est pas encore officiellement et c'est pour cela que je souhaite changer son statut aujourd'hui. » Il poursuivit en se tournant face à moi : « Vita Landa, je sais que tu es celle qu'il me faut. Je veux fonder mon foyer avec toi, je veux servir Dieu avec toi, je veux que tu sois my ride and die pour la vie. »

Puis il s'agenouilla, ouvrit une boîte à bijoux contenant une bague sertie d'un diamant scintillant et dit :

« Veux-tu devenir ma femme ? »

Ma surprise fut des plus grandes. Instinctivement, je me retournai vers Papa et vis un énorme sourire se dessiner sur son visage. Des larmes coulèrent sur le mien et je sautai dans les bras de Jordan. Je lui dis *OUI* ! Le bonheur était enfin à ma portée.

VITA

Je commençai ma journée avec des émotions mitigées. Anxieuse. Excitée. Pensive. Angoissée.

« Qu'est-ce qu'il y a, Vee ? » me demanda Ashanti.

Je ne savais quoi lui répondre. C'était le grand jour; un jour tant convoité par plusieurs petites filles. Un rêve qui obsède tant de mères lorsque l'âge semble avancer chez leurs progénitures et qu'elles n'ont pas sauté le pas. Et moi, j'étais là, allongée sur ce lit, enroulée sous cette couette blanche, comme lors d'un jour ordinaire.

Il y avait plusieurs valises de même que des sacs remplis d'accessoires et de vêtements qui jonchaient cet environnement douillet. Les volets étaient baissés et le seul éclairage qui permettait à Ashanti de se déplacer dans la chambre était les reflets de la lumière de la salle de bain. Nous avions réservé une suite dans un établissement cinq étoiles sur la rue Sherbrooke Ouest à Montréal, là où avait lieu l'événement. Il est connu pour son cadre charmant et son service impeccable. La suite donnait sur la ville et permettait de voir la dynamique des personnes qui la composent. Ces hommes et femmes semblaient si minuscules à côté de ces hauts immeubles qui s'imposent dans le paysage montréalais.

Ashanti commença à disposer les chaises pour la coiffeuse et la maquilleuse qui étaient en chemin vers mon hôtel.

« Ash, je vais me marier. Dans quelques heures, je serai liée à un homme pour toute ma vie.

— Tu ne seras pas liée à un homme. Tu seras liée à Jordan ! Tu parles de lui comme si c'était un vulgaire passant dans la rue. Et puis, il faut dire ENFIN ! Après deux ans de fiançailles ? » dit-elle en s'appliquant à bien plaquer ses *baby hair*.

J'observais ma petite sœur dans son peignoir rose, se préparant avec tant d'engouement devant ce grand miroir rectangulaire. Ashanti n'était plus cette petite fille que j'avais laissée au Cameroun. Elle avait grandi et s'était forgé un caractère bien trempé. Je me demandais de qui elle l'avait pris. J'étais la plus grande, mais il faut avouer que dans certaines circonstances, elle passait pour l'aînée. Son âme protectrice et prête à courir à mon secours, peu importe la situation, me touchait profondément. J'avais eu tellement de déceptions que la seule aide que je pouvais accepter était la sienne. Elle avait contribué financièrement à mon mariage, s'était occupée de gérer les réservations du traiteur et du DJ.

« Ta robe peut ne pas être wouah ! Le photographe peut ne pas avoir le dernier appareil HD ou 4K, peu importe… mais s'il y a une chose dont les gens se souviendront, c'est comment ils se sont sentis : *did they have fun ?* Ou se sont-ils ennuyés et sont rentrés chez eux affamés ? Ce sont ces deux problématiques qu'il faut garder à l'esprit, ma chère ! »

— Et sinon est-ce qu'on s'intéresse à ce que les mariés, veulent… ?

– Ce que tu veux, c'est éviter les maux de tête et les ragots. Crois-moi que ça te fera plaisir de ne pas en avoir. Et tu sais comment l'éviter ? En prévoyant un bon traiteur et un bon DJ !

– OK, *Sabitout* ! » lui rétorquai-je pour la titiller.

Ashanti connaissait les rouages de cette industrie grâce à Quincy, son ami avec qui elle travaillait depuis un an. Ce dernier avait monté une boîte dans l'événementiel, spécialisé dans les mariages et baptêmes. Grâce à ses connaissances, je gagnai du temps et de l'argent. Sa compagnie m'apportait la paix. Papa n'avait pû être présent et Maman n'était plus. Ash était ma seule famille ici et son soutien était indéfectible.

Cela faisait maintenant deux ans qu'elle avait immigré au Canada. Elle nous y avait rejoint, Jordan et moi. Celui-ci travaillait pour une compagnie américaine qui avait des bureaux dans cette ville cosmopolite. J'avais pu le suivre à la suite de la célébration de notre mariage traditionnel.

Cette cérémonie, très importante dans ma tradition, statue le mariage devant les familles. Dans certains pays d'Afrique, il est même quasi impossible de célébrer une union devant les autorités civiles sans cet acte de mariage coutumier. « C'est le père qui marie sa fille… d'abord ! » dit-on.

Tout ceci était nouveau pour Jordan qui n'avait jamais mis les pieds hors des États-Unis et ne connaissait pas d'autres cultures que celles que je lui faisais découvrir. Le plus long voyage qu'il avait fait était d'aller à Atlanta, en Géorgie. Il avait fallu lui expliquer ce qu'étaient et représentaient la *kola*, le vin de palme, et l'importance de se revêtir des tenues traditionnelles; en l'occurrence, ce boubou ainsi que cette robe de couleur bleu et blanc que nous portons chez les Bamilékés. Même si mes parents étaient majoritairement *Duala*, j'avais voulu honorer la culture de ma grand-mère maternelle qui, elle, était de la région des

Grassfields. D'ailleurs, toute cette cérémonie s'était déroulée chez tante Abeni et ce fut un vrai cirque d'hypocrites. Papa avait obtenu l'autorisation de participer, mais on lui retira son droit de parole sous prétexte qu'il n'était pas mon père biologique. Il accepta ce *deal*, car tout ce qu'il souhaitait était de pouvoir être présent et de veiller sur moi autant que possible. Même si tante Abeni avait été un véritable cancer dans ma vie, la famille élargie estimait que c'était à elle d'accueillir la famille de Jordan pour ce mariage. Ashanti et moi ne comprenions pas ce choix et encore moins le calme de Papa, mais nous nous sentions obligés de céder à cette décision.

Le tout s'était déroulé dans une maison qu'elle et son mari louèrent à Rockville, dans le Maryland, pour nous accueillir. Ce fut avec un cœur lourd que j'assistai à cette cérémonie et priai que Jordan ne finisse pas déçu par le déroulement des choses. Ce dernier était d'autant plus perdu, car ayant été témoin du comportement de tante Abeni envers moi, il peinait à accepter que ce soit elle qui se retrouve parmi les organisateurs de notre mariage. La famille de Maman dressa une liste pour la dot, dont l'évaluation monétaire atteignait 6 000 $, estimant que je valais « cher » à cause de mes diplômes et parce que tante Abeni m'avait formée à être une bonne femme d'intérieur. J'eus le sentiment que la seule mission de mon père à ce moment-là était de me répéter que je n'avais pas mon mot à dire et que je devais rester calme.

« Donc, je t'achète à ta famille, c'est ça ? » me lançait Jordan noyé dans une incompréhension totale. « Je suis sûr qu'il y a des hommes qui utilisent ça pour rendre ensuite leur femme esclave à la maison », ajoutait-il.

Je ne savais quoi répondre, car je n'avais pas de réponse à lui donner. J'appréciais la belle symbolique de l'unité et de la bénédiction des enfants, exprimée par le consensus des familles lors de cette cérémonie traditionnelle. Néanmoins, Maman n'étant plus là et Papa étant exclu de l'organisation, cette tradition se transformait rapidement en un supplice pour moi. Finalement, tout se déroula sans encombre et le temps passa assez vite. Les parents de Jordan étaient ravis de découvrir une tradition totalement inconnue pour eux. Ils trouvaient admirable que ma famille occidentale ait préservé cet héritage culturel. Le jour de la cérémonie, Jordan fut pris de court lorsqu'il apprit qu'il devrait identifier sa femme parmi plusieurs autres femmes, les yeux fermés. Bien qu'il ne comprenait pas vraiment le but de cet exercice, il accepta volontiers de jouer le jeu. Ma tante sélectionna quelques jeunes filles dans la pièce pour qu'elles défilent devant Jordan… Le test commençait. On pouvait entendre des encouragements taquins : « Choisis bien, hein ! », « Si tu te trompes, tu rentres bredouille ce soir ! », « Hé, on met notre cher Américain à l'épreuve ! »

Les prestataires soigneusement sélectionnés pour cette journée spéciale étaient déjà en mouvement à l'hôtel. Nous avions choisi une célébration dans une salle couverte, décorée selon notre thème : neutre, avec un mélange de blanc, blanc cassé, beige et une touche de vert. Les festivités ont dépassé toutes nos attentes. La décoration était magnifique, le traiteur excellent, la piste de danse animée, et nos invités étaient ravis. Tante Abeni, son mari et Daisy n'ont pas manqué à l'appel. J'observais ma tante danser sur la piste et manifester sa fierté *d'avoir marié sa fille*. Je n'en revenais pas, surtout venant de la femme qui m'avait traitée comme une moins que rien et m'avait fait tant de mal. Vers la fin de la soirée, elle vint vers moi et m'emmena dans un coin du lieu de réception, loin des regards des invités. Ashanti, véritable ange gardien, nous suivit, car elle tenait à remplir sa mission de dame de compagnie.

Tante Abeni me fixa dans les yeux et me prit dans ses bras. *« Ouhla! Qu'est-ce qui est en train de se passer ? »* pensai-je.

Je n'étais pas habituée à cet élan d'affection et je ne sus comment réagir. Ashanti, debout au loin, écarquilla les yeux.

« Vita, je suis tellement heureuse en ce jour; je te demande pardon pour tout ce que j'ai pu faire et qui t'a blessée. J'espère que tu me pardonneras un jour », me lâcha-t-elle avec des larmes dans les yeux.

Je ne savais quoi répondre. Je me tenais là, debout devant elle. Muette. Était-ce encore une énième manipulation de sa part ? Était-elle sincère ? Était-elle aussi désolée pour le traitement infligé à mon père lors de mon mariage traditionnel lorsqu'elle avait refusé qu'il s'implique dans l'organisation ? Plusieurs questions fusaient dans ma tête en même temps, au point de me paralyser. Je devais être agréablement surprise, mais malheureusement, je me retrouvai dans une totale confusion.

« Ça va aller, Tata. »

Me caressant le visage, je vis des larmes couler davantage sur le sien.

« Vita. Tu es ma fille. »

— Oui, Tata et je te remercie de m'avoir pris chez toi et d'avoir fait tout ce qui était en ton pouvoir pour jouer ce rôle dans ma vie. Je te suis reconnaissante.

— Non, Vita. Non. Je suis ta mère, celle qui t'a accouchée. »

Je me levai instinctivement pendant qu'elle essuyait ses larmes. Je ne savais pas comment interpréter ce que je venais d'entendre. *Ma mère ? Celle qui m'a accouchée ?* Il y avait une erreur. Tante Abeni tenta de me faire asseoir, mais je marchai dans tous les sens. Ashanti vit que je commençais à être tendue et décida de nous interrompre.

« Tout va bien par ici ? Vee, tu peux venir avec moi, s'il te plaît ? me demanda Ashanti.

— Ashanti, s'il te plaît, je suis en train de parler avec ta sœur », rétorqua tante Abeni.

Je fis signe à Ashanti qu'elle pouvait nous laisser et décidai de me rasseoir pour entendre ce qu'avait à me dire ma tante. Elle s'excusa d'avoir dit ce qu'elle avait mentionné, mais confirma que ce n'était que la vérité. Je n'arrivais juste pas à croire qu'elle puisse faire ça le jour de mon mariage. L'impression qu'elle me donnait était qu'elle souhaitait gâcher ma vie jusqu'au bout. Soit elle était maladroite, soit elle le faisait exprès.

Dans sa vingtaine, tante Abeni avait fréquenté un jeune Allemand expatrié au Cameroun. Il lui offrait une belle vie, ponctuée de nombreux voyages et de dîners dans des restaurants chics. De plus, il lui avait promis le mariage. À son époque, toute jeune femme rêvait de se marier avant 25 ans. Avoir son homme blanc ? C'était synonyme d'avoir gagné au gros lot, mais surtout d'une élévation sociale. Cela représentait le Saint-Graal de toutes les jeunes demoiselles du pays. Cependant, lors d'une soirée, en rentrant d'une fête avec ses amies, elle fut agressée et violée près de chez elle. Elle connaissait son agresseur, mais se sentait incapable de parler, craignant d'être rejetée. Dans une communauté où les agressions sexuelles étaient taboues, il valait mieux garder le silence que risquer d'être accusée, même en tant que victime. « Toi aussi, tu étais d'abord habillée comment ? » Ce genre de phrases, elle ne souhaitait pas l'entendre. Elle décida donc de faire comme si rien ne s'était passé et de n'en parler à personne.

Quelques mois plus tard, elle découvrit qu'elle était enceinte, mais elle était convaincue que son compagnon blanc était le père. Celui-ci était très enthousiaste à l'idée de devenir père. Il prit l'initiative d'entreprendre les démarches administratives pour organiser son voyage afin qu'elle puisse accoucher dans de meilleures conditions en Allemagne. La date du mariage était fixée, mais finalement, j'arrivai au monde beaucoup plus tôt que prévu. À cette même période, Maman était enceinte de Papa et son accouchement eut lieu deux jours après ma naissance. Malheureusement, l'enfant décéda à la naissance.

Du côté de tante Abeni, il était évident que je n'étais pas l'enfant de son fiancé. J'étais le fruit d'un viol qu'elle avait caché pendant plusieurs mois et qui allait assurément gâcher sa vie. Comme il était absent lors de son accouchement, elle mentit à son homme blanc en lui disant que l'enfant était mort-né et décida de me donner à Maman et à Papa qui se jurèrent de me traiter comme leur propre fille. Croyant pouvoir continuer sa vie avec son homme blanc, elle se heurta aux conséquences de son mensonge. Quelques mois plus tard, l'homme découvrit que tante Abeni lui avait menti et que l'enfant qu'elle avait porté n'était pas de lui et encore moins décédée. Il l'abandonna, et c'est à cet instant-là qu'elle sut qu'elle me détesterait à vie.

« J'espère vraiment que tu trouveras la force pour me pardonner.

— On peut aller danser ? J'aimerais profiter de mon mariage.

— Oh oui, tu as raison ! Allons-y ! » dit-elle en me faisant un grand sourire.

Puis, je la vis me prendre par la main en criant « *Oukoulou ohh, allons danser ! Ça, c'est notre musique, ohh !! Le DJ-ci est bon ! Mince alors !* » Le DJ venait de mettre *Longue lam*, une chanson de Grace Decca, chanteuse camerounaise qui avait bercé notre enfance, nos fêtes familiales, et était devenue un emblème musical au Cameroun. J'avais le vertige. Je ne comprenais pas ce qui se passait. Cette musique marqua notre dernière danse, et c'est avec tante Abeni, Ashanti, Jordan et moi que nous clôturâmes cette soirée, laissant en moi une note de confusion extrême.

Épilogue

Deux ans après notre mariage, Jordan et moi avons annoncé à nos parents respectifs qu'ils deviendraient grands-parents, ce qui fit leur bonheur absolu. Jusqu'ici, Ashanti ne savait rien de ma grossesse, car je souhaitais le lui annoncer différemment. Elle était en déplacement à Vancouver pour une mission et ne reviendrait qu'un mois plus tard.

Être maman ! C'est peut-être le rêve de plusieurs filles, mais ce n'était pas le mien. Je ne rêvais pas d'être maman, mais ne me fermais pas non plus à l'idée. Je me demandais toujours quel sentiment ressentait une femme lorsqu'elle portait un humain dans son ventre. Je connaissais l'amour que deux sœurs pouvaient se porter, qu'une fille pouvait avoir pour ses parents, ses amis, ses cousins et cousines, mais donner de l'amour en tant que mère ? Je l'appréhendais.

La peur de mourir jeune et de laisser mon enfant vivre sans figure maternelle me hantait. Maman était partie beaucoup trop tôt et je n'avais malheureusement pas eu de figure maternelle pour m'enseigner la vie de femme. J'ai dû apprendre la gestion de relations amoureuses sur le tas, sans guide de Maman. Comment jouer mon rôle de femme pour vivre dans un foyer épanoui ? Je n'avais que des livres et des séminaires à l'église.

Avant le mariage, Papa avait pris du temps pour m'expliquer qu'un bon mariage se construisait avec beaucoup de sérieux. Et comme toute construction, cela demande de l'effort, de la patience, de l'énergie et de la persévérance. « Ma fille, des disputes, vous en aurez, mais interdisez-vous le mot "divorce" dans vos discours. Ce que je peux te dire, c'est qu'avec ta mère, vous-mêmes vous avez pu l'expérimenter quand vous habitiez encore la maison, mais nous ne nous chicanions jamais. Nous avions appris à écouter l'autre, à respecter les sentiments de l'autre et surtout, à ne pas interpréter les actions de l'autre. S'il y a une chose que ton mari fait et que tu ne comprends pas, pose-lui la question directement, mais surveille le ton que tu emploieras à ce moment-là. Il ne s'agit pas de pointer le doigt sur son comportement, mais d'essayer de comprendre de tels agissements et ensuite d'exprimer à ton tour l'impact que cela a eu sur toi. »

J'avais de la chance de pouvoir compter sur un Papa sage, rempli de douceur et j'étais encore plus heureuse parce que Jordan était devenu si proche de lui.

Ils utilisaient quelquefois des logiciels de traduction quand ils n'arrivaient pas à exprimer leurs pensées l'un à l'autre. J'avais insisté pour que Jordan apprenne le français; ce qu'il avait fait, mais son niveau était encore très bas.

La seule chose qui manquait était d'encaisser la bombe que tante Abeni avait lâchée au mariage. Je refusais d'affronter cette réalité. Je n'en parlai à personne sauf à mon mari; même pas à mon père. Jordan et moi prîmes la décision de nous éloigner de tante Abeni pour un moment, mais ce temps, selon moi, était indéfini. Je me plongeai dans un déni afin de ne pas devoir faire face à des blessures et des émotions douloureuses à nouveau. C'était peut-être mieux comme ça.

Lors d'un appel routinier, Papa voulut aborder le sujet, mais je lui coupai rapidement la parole. Discuter de ce sujet était similaire à ouvrir la boîte de Pandore. Ma vie était belle, mon cœur joyeux, rempli de paix et de bonnes nouvelles. Je ne voulais pas tout saboter avec ces secrets de famille.

***

Quelques années plus tard, il m'était désormais possible de repenser à ce secret sans verser de larmes.

Les cicatrices de ce vécu étaient devenues un témoignage de résilience, m'offrant des bases solides pour devenir la femme que je suis aujourd'hui. Une femme qui a appris à ne pas laisser l'amertume grandir dans son cœur, et qui ne laisse pas les événements la définir, ni l'arrêter.

J'avais compris que le passé ne pouvait être modifié, mais qu'il était impératif d'apprendre à en guérir afin de vivre pleinement le présent et de ne pas manquer les opportunités de bonheur que la vie pourrait nous offrir.

Cette vie se dévoilait souvent comme une mélodie et bien qu'elle puisse parfois résonner avec des tonalités tristes, elle pouvait également se conclure sur une note paisible. Finalement, il était bien possible d'apercevoir des étoiles dans ce passé sombre.

Et même si toutes les questions n'avaient pas encore trouvé leurs réponses, j'avais simplement fait le choix de rester concentrée sur ce qui allait m'aider à garder mon cœur dans la paix. Car un sage dit un jour : "veille soigneusement sur ton cœur, car il est la source de tout ce qui fait ta vie."J'ai la conviction que demain sera toujours meilleur. Quel que soit ce que je peux vivre ou rencontrer en chemin, je dois m'y accrocher par la foi et croire à ma propre guérison car, demain m'attend.

Imprimé au Canada.